只有黑夜

Nothing But the Night

John Williams 約翰．威廉斯

馬耀民 —— 譯

John Williams

約翰・威廉斯 | 作者

1922-1994

出生及成長於美國德州。威廉斯雖然在寫作和演戲方面頗有才華，卻只在當地的初級學院（兩年制大學）讀了一年即被退學。隨後威廉斯被迫參戰，隸屬空軍，在軍中完成了第一部小說的草稿。威廉斯退役後找到一間小出版社出版他的第一本小說，並且進入丹佛大學就讀，獲得學士及碩士學位。從 1954 年起，威廉斯開始在丹佛大學任教，直到 1985 年退休。在這段期間，威廉斯同時也是位活躍的講師和作者，出版了兩部詩集和多部小說，著名的小說有：《屠夫渡口》（1960）、《史托納》（1965）及《奧古斯都》（1972）。《奧古斯都》於 1973 年獲得美國國家圖書獎。

馬耀民 ｜ 譯者

畢業於台大外文系、外文研究所碩士及博士班，現任台灣大學外文系副教授，曾任台大外語教學與資源中心主任（2006-2012）。博士班時候開始從事翻譯研究，一九九七年完成博士論文《波特萊爾在中國 1917-1937》並獲得博士學位。多年來在外文系除了教授西洋文學概論、歐洲文學史、文學作品讀法外，翻譯教學也是他關注的重點，一九九六年開始連續教授翻譯與習作至今，從未間斷，曾領導外文系上具翻譯實務的老師先後成立了大學部的翻譯學程及文學院翻譯碩士學程，整合了台大豐富資源，讓台灣最優秀的學生獲得口筆譯的專業訓練，貢獻社會。他從碩士班修業其間即開始從事翻譯工作，除刊登於《中外文學》的學術性文章外，也曾負責國家劇院每月節目單的英譯工作，以賺取生活費，並奠定了翻譯教學的實務基礎。他從前年開始已經放棄教授文學課程，而專注於翻譯教學上，希望於退休前爲翻譯教學能有更積極的付出，現教授翻譯實作、中翻英、文學翻譯，公文法規翻譯，以及在翻譯碩士學程開設筆譯研究方法。翻譯出版著作包括《史托納》、《屠夫渡口》、《奧古斯都》及《北海鯨夢》，《奧古斯都》獲 2018 Openbook 翻譯類年度好書，《北海鯨夢》獲第 34 屆「梁實秋文學大師獎」翻譯大師獎首獎。

Contents

喔不要怕，老兄，沒什麼好畏懼的，
不要左看右看了：
所有你踏上的無盡長路上
只有黑夜。

——阿爾弗雷德・愛德華・郝斯曼（A・E・Houseman）

在這個夢裡，他沒有重量，沒有生命，是一層無意識的薄霧，瀰漫在無邊的黑暗中，咬牙顫抖。起先他毫無感覺、眼前空白、無法思考，他的意識來自片片斷斷遙遠而模糊不清的既視感，賦予他奇特的能力，分辨自己與黑暗。

然後，一種較為具體的意識在他體內產生，那是一種知道自己身處夢中，毫無知覺的狀態而萌生的感激之情。他珍惜著，不開口、不思考，假如他能選擇的話，寧願永遠留在這個虛無的子宮裡，伸手不見五指。

但是，做夢的人缺乏力量，是做夢的一個特有狀態。即使他醒著的時候似乎擁有天賦的龐大力量和驚人的思考能力，但假使夢中的他能審視夢中自己的思緒、探索夢裡的世界，他一定會發現自己擁有的唯一力量，只是他現在的狀態，那是做夢可以輕易提供的。他是一個工具，被邪惡的搗蛋鬼、撲克牌裡暗黑的丑角所操縱，製造位於世界中的世界、生命中的生命、思緒中的思緒。他心中的一切假象來自這位興致高昂的劇作家，隨性地給予，或者取回。

他處於懸浮不定中，漸漸覺得缺乏安全感；在他的意識漸漸清明之際，感激之情也漸漸消退，忽然間感知能力再沒有遵循邏輯的步驟，放肆地向他襲來，他發現自己在無邊的黑暗中不再完美，具體地處於那從虛空冒現的混濁光芒裡，擁有某種身分，殘缺卻又是活生生。

霎時間，無法得知身在何處的他，發現自己隱身在房間裡，穩穩地被一股超自然的疏離力量所承載，往下俯瞰。那是一個偌大的房間，燈光黯淡，人們嘰嘰喳喳地說話，顯得擁擠而悶熱。牆壁在他身旁無限延伸，淡米黃色，嵌入了頗有品味的褐色踢腳板，牆面上裝飾著數以百計顏色鮮豔而廉價的畫作。房間裡瀰漫著一種情調、一種氛圍，那是他熟悉，卻又無以名狀的。如果能夠，他會跟散布房間各處的人混在一起，會聊聊天、問點問題。但是他知道自己不能按個人心意而為，他仍然任憑夢的意識操控，直到那意識決意做一件它不能達成的事。

位於不同的維度讓他能觀察派對裡的人，彷彿他們被夾在顯微鏡下的載玻片中，扭動著身體，擺出誇張的姿勢。他看見派對面具、虛假而多餘的微笑——短暫地袒露口腔，現出剛用硬刷刷洗過的粉色濕潤牙齦，和牙齒上被牙膏染藍的琺瑯質。那微笑只是醜陋的肌肉收縮，扭曲臉部成為鬼臉和皺紋的總匯，為了魅力而進行的解剖學實驗。

他看見無數圓胖的紳士鼓鼓地包覆在毫無特色的燕尾服下，在雪茄煙雲中、琴酒和苦艾酒的芬芳香氣中吐出他們的話語；他也看見一群大同小異的女士，貼身晚禮服一成不變地顯露胸部的大小和腿部的長短，她們的臉龐模糊到無法辨認、聲音如長笛般的空洞。

忽然間他想起了他在哪裡。這番了解毫無預警地到來，他也不慌不忙地接受。這是麥克斯・艾華茲的家。他很熟悉這地方。他不再隨意細看派對裡的人士，而是開始環顧四周尋找麥克斯，但在細看之前就知道不會看到他。人們從不會在他開的派對中找到他。舞會一開始，他龐大的身軀便有禮貌地退下，之後便不會再被看見。他是聰明而且成功的東道主。

到最後他認出他的周遭事物時，其他的東西便滑進他回憶的軌道。他認識這些人，每一個。他的意識讓他對很多臉孔做分類、去斟酌，想起他們，並一一分級。當回憶漸漸取得主導權，他夢一般的意識，像脫掉特大號的披風一般地退去，感到自己無法抗拒地被捲進現實的漩渦與衝擊，隱約成為這一群人的一份子。

隨之他看見那個年輕男士。正當他部分思緒因那極爲熟悉的臉龐而驚嘆不已，另一部分卻被一個重要的思緒所盤據和滲透，那是一種無法逃避，也說不出口的罣礙——爲什麼他會被置入這情境？爲什麼他站在這裡當起旁觀者？有什麼事情會發生？

這位年輕男士獨自坐在房間一角的偌大椅子上。平直而稀疏的金髮往下垂著，偶爾一隻纖瘦的手不經意地舉起，想把頭髮撥歸原位，卻毫無效果。他體型瘦削，輕微的弓背即使是坐著也被察覺，讓他的身型更爲顯眼。他膚色蒼白，其程度意味著他不僅是缺乏陽光，臉皮下似乎藏有一個麵團般的墊子，讓人覺得一旦他的臉被一根好奇的手指觸碰後，就會留下手指壓出的凹痕，彷彿缺乏健康皮膚和肌肉的正常彈性。他血紅色的雙唇與那不尋常的蒼白成了強烈對比。那不完全是勾起肉慾的紅，也不是病態的紅。相反地，那是唯一彰顯健康的特徵，不然就只是一張生病的臉。

人們常看見他出現在麥克斯舉行的舞會。即使是一個普通的旁觀者，沒有像這位得天獨厚的做夢者有著超高的敏銳度，也清楚知道此人不屬於這裡。他似乎陷入某種內在的煩躁不安，既不讓他與自己，也不讓他與別人自在地相處。他繃得緊緊的身體往前傾，彷彿雙腳隨時會躍起，在極度的恐慌中逃離。但他還是經常被注意到在這裡或在其他聚會現身，總是一個異類，一臉迷惑的，與大家扞格不入。每一個這類的社交活動屢屢使他看似穿了一套不合身的西裝。

做夢者問自己：誰認識這個人呢？誰知道他的眞正身分？誰知道他從哪來？要去哪裡？這就是你的眞正陌生人，做夢者在想：不是你從未見過的人、不是你從不認識的人、不是你在擁擠的街道上瞥見的臉、不是曾經聽過傷心絕望的聲音、不是你在各種讀物上看過的外來臉孔。都不是。而是在這裡，在這個人身上你知道得很清楚，也看得太頻繁什麼是陌生人。這就是你在街上看到的眞正陌生人，這位不被注意，獨自一人弓著背，坐在房間角落的大椅子上身形繃緊的金髮人士。

由於他不被注意，獨自一人，沒有人認識他！他的名字可被幾個人叫得出來，僅此而已。他基本的、必須的生平資料不存在於這裡任何人的腦袋中。那些資料不被認爲重要到要納入考量，更說不上去調查。

對這裡的人來說，他只是一個沒意義的聲音、沒有破壞力的爆炸。

做夢者想起了一件特別的事。他記得這個陌生人有一次焦慮地站在麥克斯・艾華茲的舞會中央，向週遭迅速地眨著眼、手指不安地撫著雞尾酒杯的高腳，全神貫注於一切進行中的事物，像一隻近視眼的貓頭鷹般專心致志。那就是他常有的站姿、常有的態度。有時候他會這樣子站整整半個小時，幾乎不動，也不說話，聽著他無法理解的閒聊瞎扯在身邊流轉。然後偶然一句不經意的話鑽進他耳朵裡，他便會突然跺腳，大聲尖叫，對著面前一張張茫然和驚訝的臉發出毫無意義的斥責和謾罵。他把臉擠壓扭曲以表達不悅，兩片濕潤的薄唇會抖動，麵團般的病弱臉頰因惱怒而泛起些許粉色。即使人們驚慌失措而一如往常地和他保持距離，他仍不會感到滿足而停止那沒完沒了的暴怒惡言。他尾隨著賓客，謾罵微妙地轉化爲尋求認同和寬恕，卻沒有人看得出來。

然後，就如同開始時一般的突然，他停下腳步，神情呆滯地盯著他剛才絮絮叨叨尾隨著的人，彷彿他們是不速之客，或者是入侵的陌生人。接著他不管人們一臉迷惑、驚恐，又有點難爲情，便自己在房間裡繞了幾個圈後退回他的角落裡，並墜入某種昏迷般的寧靜中，約五分鐘，有時候一個小時，更常有的是接下來整個晚上。在這狀態裡，企圖喚醒他是沒有用的，除了他那無言的自我意識外，他似乎不知道有任何東西存在。

所以現在做夢者注視著那過大的椅子上渺小而蒼白的身影，同時某種即將來臨的災難感在他心中越來越強烈。他想要逃，想要離開這地方，卻發現自己完全動彈不得，夢的小惡魔奪走了他那最微小的行動力。當他的夢忽然間變了調，忽然地讓他難以想像，他驚恐地站著。一股強光綻開，致使他的眼前形成了一個黑暗的空洞，無法穿越；然後黑暗中傳來了人群的聲音，呈倍數放大。他們瘋狂地、聲嘶力竭地尖叫，充滿著強烈恨意，而他知道他們爲何這樣做。

然後黑暗消退。他同時也看見整個派對場景，看見所有剛才房中平靜的人在角落的偌大椅子旁圍聚，把憤怒投向弓著背無視於他們存在的那位男士。做夢者也身處這圈人群中，十分靠近這蒼白的男士。人群往中心擠壓時，做夢者感到自己被推向坐在椅子上的人，忽然也發現自己可以尖叫，且有能力移動與抗拒。但是他無法掙脫那群人；那群人失控地向他擠壓，而他的力量無法抵抗那些往中心聚攏的軀體。做夢者被一波又一波的推擠，直到他已經靠近到可以看見年輕男士皮膚上的紋理，看見這個感到無奈而閉上雙眼的男士眼皮上微細的血管。他再次企圖退卻，以避免與那男士的身體產生致命的接觸，但仍無法使力。一陣來自一整群人的一波強大力量，做夢者被推向前，同時感到某部分的他碰觸到那男士，然後他就了解了：他的意識一字一句說出他一直以來所感覺到的，讓他豁然開朗。微妙暢順地、無聲無息地，彷彿是難以觸摸的空氣一般，他與那男子合體，在突然發生而無法言喻的化學作用下，他與那靜止的身體合而爲一，在電光火石般短暫的一刻，他痛苦地體認到這就是他自己：在黑暗的帷幕降下之前，他透過那年輕男士突然張開的雙眼，看著面前彷彿盈千累萬的臉龐、再次聽著因仇恨而發出的動物般尖叫、感知著殘酷的手觸摸他身體、看著他們的拳頭凶殘地往下捶向他並且當下感到劇痛的到來，然後，像海一般的血轉成黑色，而他在徹底的黑暗中載浮載沉，之後就一無所知了。

晨光好奇地從半開的百葉簾一根一根地探進來，輕輕地、溫暖地、不帶情感地觸摸他的臉。他動了一下，便翻過身躲開。床邊的電話鈴聲響起，他大吃一驚，急促挺坐起來，睜開眼睛，但沒有在看。他眨了眨眼，甩了一下頭，想要甩掉徘徊不去的殘餘夢境。他拿起聽筒。

「喂？」他睡眼惺忪地咕噥道。

另一端的聲音唱起，「早安，麥斯里先生，九點鐘啦。」

他咕嚕了一聲，把聽筒放回電話座上。他盤著腿坐在床邊好一陣子，雙眼瞪著前方，慢慢地、費力地讓自己適應著白天。他的大腦把溫暖的睡意一層一層剝掉，同時讓它自己硬起來，像鋼鐵般迎接意識的冷酷進攻。

亞瑟·麥斯里環顧房間四周，像一隻了無生氣的海龜，以沉著有節奏的頻率眨著眼。他的頭部悶悶地抽痛，嘴巴裡厚厚的舌苔帶著昨晚酒後的殘餘臭味。就在這裡，他的公寓裡，一個人獨酌。

我必須在晚上找點事情來做，他想。一個人坐在這裡喝酒對我不好。

他到處看著，感到厭惡。衣櫃裡開著的抽屜下垂著，用過的手帕，髒掉的領帶和襪子溢出抽屜的邊緣。房間中央一個菸灰缸打翻了，地毯上灑滿菸灰和菸屁股。

這房間就像我的靈魂，他想。又髒又亂。

他微笑起來。媽的才不是！他告訴自己。這是一個房間，女傭今天早上會來打掃，但她無法打掃你的靈魂。誰會打掃你的靈魂？

但他今早無法對自己的靈魂提起眞正的興趣。昨晚，他記得，他曾經十分關心自己的靈魂；他坐在自己的房間這裡、他喝了點小酒、讀了本書，並且思考過他的靈魂。但那是昨晚，現在是早上，他的思緒突然從內省的模式轉向。

我要到公園裡好好地散個步，他低聲地說。再過一下，我會穿好衣服，到公園裡好好地散個步。

他深深嘆了一口氣，掀掉毯子，光著腳啪啦啪啦的走進浴室。他刷牙，直到牙齦感到刺痛，用冷水潑向臉，然後用粗糙的毛巾快速擦乾。他透過鏡子細看，決定將就一下不用刮鬍。

然後他看著鏡子，再一次注意到自己的臉。他不帶情感地仔細研究著。他不喜歡自己的臉，不喜歡到了可以不帶熱情、不帶任何情緒的程度，彷彿那張臉是屬於別人的。但是他從來無法維持這種超然態度。反而，總是有某種不滿在醞釀，不滿於讓他的外表無法呈現內在的那個罪魁禍首。太不公平了。他用一根手指戳向臉部的肌肉，注意到他精緻而青筋明顯突出的手，與他蒼白、平凡而無皺紋的臉龐這兩者的對比，後者應該，卻沒有隨著他的青春所散發的光和熱而綻放。他取笑自己鏡中的影像。他咧嘴露出牙齒，態度挑釁地笑著。然後他又嚴肅起來，再出神地凝視著自己一陣子，彷彿對一切失去了興趣，隨之轉身回到臥房。

穿衣服的時候，他再次提醒自己必須要到公園裡散步。整天拉下百葉窗在房裡坐著對身體不好，會想不該想的事，回憶不該回憶的東西。他有時候看著自己獨自坐著回憶過去，就像一個醫生看著疾病爬到他身上而不做任何事來防止。他們告訴他有些事情必須要從他的腦中排除，必須要忘記；而他聽了他們的話，也同意了。但是每當他面臨到有必要實行他們的建議時，便會很莫名其妙地感到無助。

但是昨晚一個人坐著時，他強迫自己鄭重地許下承諾。他會對未來每一天做好規劃，把每一個時刻都塞得滿滿的，就好像製作圖表一樣，讓自己沒有任何空閒時刻舒適地坐著，然後開始回憶。即使想到要面對即將到來的早上，也暗暗讓他心驚，他還是早已決定在每一天，第一件事要做的，就是要去散步，在公園裡，好好地散個步。

有某種原因讓他不喜歡早上，某種，他想，接近穢褻的原因。早晨彷彿是按時從夜的墳墓裡爬出來，趾高氣揚地在地上遊走，用它黏糊糊的手撫摸大地，以及在上面走動的物種。黎明時分的露水會散發出發霉的腐臭味，攻擊人們的鼻腔，令人不快，就像一棟古老大宅的黑暗房間裡散發出的黴味。

但現在，這種慣性厭惡感只在他腦海中一掠而過。他離開公寓，穿著拖鞋的小腳無聲地走在鋪著暗沉而褪色地毯的走廊上，準備走下暗黑的樓梯。下樓梯時，他用手指輕撫平滑而暗沉的橡木欄杆，當下感到一陣平和，可以喘口氣。儘管他不喜歡自己的公寓，但有時那黑暗長梯的親切感讓他獲得比應得的還要多的補償，所以他總不會急著把它走完；因爲他往下走的時候，在那半亮半暗，無名無姓的隱蔽性之下，他可以失去自我意識，可以融入黑暗中，莫名其妙地成爲它的一部分，哪怕只有短暫的時刻。

他走到樓梯口，停頓了一下，然後把門推開，匆匆忙忙地低頭走入耀眼的早晨。雖然天氣不十分涼爽——實際上那是一個溫暖的早晨——走在路上他還是顫抖著。

街道幾乎空無一人。走著走著，一股熟悉卻又令他覺得厭惡的孤獨感向他襲來，使他腿部僵硬，步伐也愈加沉滯。偶爾一個身影與他擦肩而過；孩童隱身後院裡玩耍的聲音從晨光的空氣中陣陣傳來；鄰近街上一輛汽車疾駛而過發出的轟鳴聲。這一切似乎與他無關，與亞瑟·麥斯里無關。他走過的地方是一個無意義的混凝土沙漠，到處都是奇怪且了無生氣的建築物，包圍著他，隱隱地對他造成威脅。

人們在早上該去哪呢？他問自己。該做什麼呢？我們在天上的父，今早賜給我們一點可做的事。去公園散步。天上的父……天上的父……

這個有節奏的片語不斷重複，迴盪在他的腦子裡。他加快腳步，彷彿加速後可以把它趕走。

我們在天上的父、天上的父……

父啊、父啊、父啊，他對自己說。多醜陋的一個字！

然後，突然間，他知道他不會走進公園裡，他不會信守承諾。雖然他沒有改變方向、雖然他繼續走向公園，他不知怎的就是知道他不會到達那裡、知道某些東西會阻止他讓他到不了那裡。

在他知道那是什麼以前，他就幾乎想到了；然後他認出來了，也想起了。他對自己微笑，並輕聲地說，你看吧！你知道你不會去那裡的，你許下諾言的時候就知道了。

那讓他停下來、讓他改道的，是一間小咖啡店；它鬼鬼祟祟地隱藏在一個街區中間，彷彿對自己的存在感到羞恥。他路過好多次，但從未進去過。

但現在，他故意走向咖啡廳，露出輕蔑卻又感激的微笑。薄薄的玻璃門毫不抗拒一推就開。咖啡廳的內部窄長，兩個老人坐在吧檯，動也不動，弓著背俯視著面前馬克杯。兩位家庭主婦裝束的女人坐在後方，點了柳丁汁和烤吐司，輕聲地聊著。他帶著懷疑的眼光打量她們。

他選了靠近門口的桌子，撥走髒污的椅墊上一塊麵包屑，坐了下來。他拿起了軟塌塌的菜單，假裝在研究；假裝而已，因爲細讀幾乎是不可能。菜單上的字是用打字機打的，這一張可能是第四或者是第五層複寫紙敲出來的，而且用了很久，被之前的顧客弄糊掉了。他輕輕地聞了一下菜單，便放回桌面上。

女服務生向他走來。她無精打采的，懶洋洋的，顯得很不得體，似乎是要把精力保留起來迎接未來的折磨。

「早，」她用敷衍的口吻說。對他來說，她似乎已經說這個字一百萬遍了，對這個字的聲音有一種說不出口的疲憊感。她一手拿著便條紙，一手拿著鉛筆做好準備。

他茫然凝視著她。我敢拖多久？他想，她要多久才會感到不舒服，而要動一下？他覺得自己在玩貓戲老鼠的遊戲。

但服務生杵在那裡，絲毫沒有受到壓力或感到焦慮的跡象。

最後，他故意字正腔圓地說，「我要一杯咖啡，一個太陽蛋——不要烤麵包，還要一瓶塔巴斯科辣椒醬。」他得意洋洋地往後靠到椅背上，等待看見她訝異的表情。

但他感到失望，因爲在她厭倦的假面上，沒有一絲的動搖或改變。她的鉛筆無精打采地在便條紙上揮動，然後不發一語，轉身低頭垂肩向廚房走去。

他出神地凝視著她的身影。沒禮貌，他想。是一種極其痛快，且絕不退讓的無禮。不過這不是戰場！他沒辦法找經理來（這種地方的經理會長怎樣？）說「這個女生很沒禮貌！我點了太陽蛋加塔巴斯科辣椒醬，她不覺得驚訝！炒她魷魚！」他沒辦法這樣說。不過，那的確是很粗魯無禮啊！一瞬間，他沉溺在他就是老闆的幻想中，用了幾個精選的尖刻字眼，讓這可憐的傢伙在他面前顫抖啜泣。就像這樣的警告：菜單小姐！麥斯里先生是一個紳士，必定要用紳士的規格來招待，下一次他點太陽蛋加塔巴斯科辣椒醬，妳要感到驚訝！妳明白嗎，菜單小姐？還有啊，菜單小姐，要把妳昨晚的淫蕩相藏起來！就這樣，菜單小姐，妳可以走了。

女服務生砰一聲把餐盤擱在他的面前，並把冒著蒸氣的馬克杯放在餐盤旁邊，突然間打斷了他的思緒。她經過他身旁時，他清楚地聞得到那股隔夜的廉價香水味，強烈到連餐點散發的噁心氣味和廚房的髒臭味也蓋不住。

他鄭重地哼了一聲，同時把弄著刀叉，直到她完全走開。他做好準備開動，但當刀叉已臨到食物上方，他忽然間又停了下來，出了神。

在藍色的缺角盤子上，太陽蛋以心照不宣的邪惡眼神朝上盯著他。起初，他覺得這種幻想很好玩，但是當他看久了那個眼神、當那顆眼睛瞪著他，他便開始感到極不舒服。他迅速地眨了眨眼。

但是，那白色的油膩膩眼白上黃色的眼珠仍是愚蠢地瞪著他。他伸手拿了塔巴斯科辣椒醬，倒了一點憤怒的紅色液體在上面。那眼珠彷彿突然被激怒到無法忍受，圍在它旁邊的白色物質開始充血，像血液在靜脈流動形成一個網，把本來空洞的表情變得幾乎到達恐怖的程度。它往上看著他，表示責備，彷彿忍受著極大的痛苦。

他費力地強迫自己不再盯著它，閉上眼睛，猛力地搖頭。他企圖嘲笑自己。這些幻想！他怎麼會讓這些幻想控制自己？只是一個雞蛋，一個普通的東西，而好一陣子他的想像力（那只是他的想像力）令他覺得……

他拿起了咖啡杯，湊到嘴巴前，驚訝地發覺手在抖。他用桌面支撐著手肘，盡力讓手穩定下來。他謹慎地啜了一口。那液體讓他的嘴唇感到灼熱，燙著他的舌頭和喉嚨。但是他感到好一點了。他放下咖啡，再看著太陽蛋。它的外表不再嚇人；覺得它會嚇人，實在可笑。但是他現在不可能把它吃下肚子了。這會很不雅、很不乾淨。想到要吃這雞蛋讓他反胃。

忽然間，他發現這家小咖啡店的氣氛讓他感到鬱悶。他聽到後面的房間傳來盤子碰撞的聲音、看不見的腳拖著腳步走路的細微聲音、吧檯兩個弓著背的老人嘀嘀咕咕、兩個說三道四的女人發出機械式的應對，和其他無數屬於咖啡店日常事務卻無法辨認的微小聲響。他聽著聽著，這些聲音結合爲一種原始的、單調的節奏刺痛他的神經，讓他如坐針氈。從他的位置，他可以透過咖啡店的玻璃門看見外面，對他來說，太陽光的明亮和室內籠罩著他的昏暗似乎是死對頭，各自以同樣堅強且不能損毀對方的武器努力征服對方。而他涉入了這場他不想被牽連的戰爭。

他現在已經無法清楚記得爲什麼會在這裡。跟公園有關係。是的：進來這裡讓他不可能到公園散步。但似乎還有別的原因。他不是想要吃早餐的，所以不會是因爲肚子餓。不過有可能是飢餓。可能是一種與身體無關的飢餓感：可能是渴望想要看見沒被鏡子框住的影像、想要看見外星人臉上那發亮的眼睛與自己四目交投、想要聽見像長矛般的聲音，能夠把寂寞厚厚地包覆著的殼戳破。然而，他能找到的臉、眼睛和聲音，只有那穿著綠色的褪色制服滿身油污的女服務生，她不認識他、不會與他約會、只把他視作一張點餐和把餐點吃光的嘴巴。

他正陷於愁苦中，忘了先前對服務生的厭惡，及他對她的無禮。爲什麼她不能有禮貌一點？爲什麼她沒有對他微笑？爲什麼她沒有說一些令人歡快的話？

最後他嘆一口氣。喔，好吧，他想，好吧。

他的手在口袋中摸索了一會，拿出一張鈔票，懶洋洋地丟在桌面上。他站了起來，但感到雙腿無力，彷彿跑了好長一段距離。他推開玻璃門，站到人行道上，雙眼瞇起來避開陽光，然後蹣跚地沿著街走。

街角處有個公車站，車站旁邊有一張給候車乘客使用的長椅。他像片破布垮坐在椅子上，肺部吸入了濕潤的空氣後，急促的呼吸開始平復下來。他坐著不動。

他坐了很久。一輛橘黃兩色相間的大型公車緩慢笨拙地沿路駛來，不甘願地煞停下來。他呆滯的雙眼望著公車一會，但沒有在看。公車司機向凝重的空氣用出一句清晰的髒話，憤怒地把車子駛離站牌。

亞瑟・麥斯里甩了一下頭，彷彿要把自己從沉睡中叫醒。他站了起來，疲憊的體態就像一個老人。他無意識地沿著來路走回去，回到他的公寓。

明天，他告訴自己。明天我會信守諾言，到公園散步。這是要做的事情。我們在天上的父，今早賜給我……我們在天上的父，天上的父，我們……

父，他想。只是一個字。

巨大的褐砂石公寓大廈突然矗立在他的眼前，讓他驚訝得陷入一陣暈眩。牆面上，窗戶的百葉簾都已經拉起，窗簾布也已撥到兩旁，露出了玻璃窗戶了無生氣的眼神，帶著因厭惡而微微扭曲的臉偷偷地往下看他拾著臺階，進入大廈裡。他停在信箱前，取了薄薄一疊的信件，也沒有用心檢視，便準備進行暗黑階梯的儀式，洗滌他的沮喪。

他進到房間便注意到他離開這段時間，地毯已經打掃乾淨，散落在椅背上的衣物也已清除，客廳旁的臥房門開著，剛好是半開，看得見裡面剛剛恢復的秩序。

他滿足地微笑。他拉了一張椅子到窗邊，仔細地選擇了一個角度，讓陽光可以照到一邊的肩膀。

他翻著信件，動作緩慢，輕輕地哼著歌，逐一檢視每封信，彷彿在掙扎是否要立刻打開，或先放在一旁擱著，直到讀完重要的信（如果眞的有）才回頭來處理。他收到的信件總是大同小異：大學招生簡章、讀書會的通函、雜誌、透過郵寄名單寄出的音樂會或演講邀請、他曾參與過的文學社團那用字艱澀的通知書——都是稀鬆平常的、制式的、可預期的。

他用力嘆一口氣，讓信件從手中滑走，散落在身旁的地板上。他凝視著對面的厚牆，企圖把它看穿。他檢視這平淡無奇的早上，同時鬱悶地想到必然隨之而來的下午。中午與史塔夫．朗格午餐，之後或許來一場午後電影、喝幾杯，然後回到公寓，讀一本沒眞正在讀的書，再喝幾杯——稀鬆平常的、制式的、可預期的。

門外傳來輕輕的敲門聲，他從思緒中被喚醒到足以回應，倦怠地對著門說，「進來。」

門朝他的方向推開，一隻手從門縫裡滑進來，出現他的眼前，然後整隻手臂，然後一張臉探進來，輕聲地說，「麥斯里先生，在忙嗎？可以進來嗎？」

他從椅子上彈了起來，「當然，茱迪，當然。進來吧。」

被他稱爲茱迪的女人進到房裡，站在他面前。她手緊握著一根快要報銷撢子，頭上的防塵帽歪斜地蓋在她一綹一綹的頭髮上（那是她的個人形象標籤）。

「喔，茱迪，」他口氣歡快地說，「妳今天好嗎？」

她舔一舔嘴唇使其濕潤，咧嘴向他說，「有你的東西。」
他含糊地微笑了一下，向她湊近，「是嗎？那是什麼？」
她再次咧嘴露出更大的笑容。他瞥見兩顆並排的牙齒，一顆黑，一顆土黃。
他轉過頭。
「酌收一個二十五分銅板才行，」她說。
跟我玩的，他想，在耍我。
「二十五分銅板，嗯？二十五分銅板！如果我不給妳呢？」
「那我就不會給——不會給你這個。」
他注意到在她說話時，手臂便從背後移動到身前，意味著玩笑已經結束。他迅速地笑了一聲，身體湊近，卻沒有太突然，使得她沒時間往後躲開。
她遲疑地微笑說，「喔，不行這樣，麥斯里先生，要二十五分銅板才可以啦。」
「二十五分銅板！」他說著便又毫無意義地笑起來。他們站在那裡好一會，彼此思量著對方。然後他笑著衝向她，抓著她的肩膀，笨拙地把她拉到身邊，同時注意到力度不足以把她藏在背後的手臂和手拉到他可掌控的範圍之中。二人笑著，彼此爭持了一會，虛假且制式地表達禮貌與尊重。她往前往後扭動身體以脫離他的掌握，他舉起另一隻手，但不經意地讓手背掃到她的胸部。那只是意外？或者，她有沒有反應？她有沒有稍微向他投懷送抱？他不肯定。爲了確認當下情況，他忽然鬆開手。她向牆壁方面往後倒退，脫離了他的手臂可及的範圍。

他瞬間感到強烈的失望。不過他想想，或許是那個突發的動作，或許她沒有眞的想像那樣子往後倒退。他企圖從她的眼中找到答案，但是看不出來。她站在他前面等著，臉上還是一樣的咧著的嘴、一樣的眼睛。

但是他知道玩笑已經結束，伸手到口袋裡掏出一個二十五分銅板，走向她。

「妳贏了，茱迪，」他喘著氣說，僞裝出疲累的樣子，「妳贏了。」

她從背後把手伸出來，把一封信遞給他看，「早上你外出的時候送來的，我給送信人二十五分銅板。應該的，對不對？」

「很好，」他接過了信，看也不看便塞到外套的口袋裡。他握起她一隻手，用力把銅板按在她手心裡，然後把五根手指扳回去，並略爲明目張膽地輕輕搓揉指關節上的肉，等著她把手縮回去。他舔了一下嘴唇。

「還有什麼要我幫忙的？」她輕聲地問，「要清潔什麼的嗎？」

他努力在想，那是一個訊號嗎？

但是突然間，那已經沒關係了。他再次感到疲累，對自己生氣，有點羞愧，有點噁心。他鬆開手，轉身走回房間中央，垂下頭站著，目光漫無目的地隨著地毯上的圖案走。

「不用，」他說，「都很好，茱迪，一切看來都很好，」他說話時揮著手，表示他在說他的公寓，「謝謝。」

「好的，麥斯里先生，」身子往後退到門口，「有事隨時找我。」

「謝謝了，」他說。不過當他抬頭時，她已經消失了。

他走到床邊的椅子，坐了下來。他用腳想要把散落在地上的信件整整齊齊地掃成一堆，然後又想起茱迪送來的信。他摸摸口袋，把信拿出來，漫不經心地瞥了一眼。普通的窄長型信封，一片雪白裡凸顯了他的名字，用黑色細長的線條寫出花體字。凝視著這些字體的同時，他的眼睛漸漸增大，痛苦地開始注意到他的心臟，像一根粗大的棍子敲擊著他的胸膛。

他迫不及待得顫抖起來的十根手指用撕的用抓的，直到窄長的信封實際上變成了碎片，信紙在他的手中焦慮地舞動著。

他的喉嚨乾涸發熱，呼吸急促。讀信時，好幾次他不得不別過頭去，眨了眨眼睛，才能繼續了解信中飄動的文字。

「親愛的兒子，」（信這樣開始），「首先，你必須要原諒我那麼久沒有寫信給你，不過我猜這時候你已經知道我作爲一個靠書信聯絡的人，是徹底的失敗。我花了那麼多的時間在事業上，以至於有時候我難以完成一封信。

「南美洲的事業已經很有基礎了。或許我繞著半個地球晃來晃去，是一件愚蠢的事，但我不想冒任何的風險疏於經營自己的事業。我在布爾諾斯艾利斯寫過一封信給你，但我不知道你有沒有收到。我沒有收到你的回信。

「十天前我停留在舊金山，第十二次了。回來眞好，離開一年半太久了。

「即使你沒有定時接收到我的消息，我希望你了解我常常想到你，也希望你順利收到我的支票。我有交代馬斯達要每星期寄出，並告訴他要讓你知道若你有任何需要都可以找他解決，我希望他有做到。

「好吧，現在是初夏，我覺得我找對了時間回來，感覺眞不錯。

「我預計留在美國兩個月，之後又要離開，這次是要去孟買。印度的分公司的運作沒有比預期的好，我可能要去整頓一下，我蠻害怕回到那裡，不過我覺得有需要。

「我會在這裡再待幾天，住在麗景。如果你願意這禮拜找一個中午跟我吃午餐，可以打電話到飯店。我很希望再看到你，跟你聊聊。」

信的下款寫著，「你的爸爸，赫里斯・麥斯里。」

讀完信後頗長一段時間，他僵坐在椅子上，信紙在他指縫間輕輕懸著。

爲什麼他必需要召喚起這一切？他想，已經那麼久了，自從我有記憶開始。

他忽然間站起來，猛地甩了一下頭，彷彿要把正在威脅著他的烏雲去除掉，那些不受歡迎的思緒。他腦中不自主地浮現了父親的形象，那是他最後一次看見的，幾乎三年前了。不過那是局部的形象，沒有完全被具體化。整齊乾淨的灰色西裝、蒼白卻寬闊的額頭：這是他記憶中僅有的，其他的不是忘記了就是模糊不清，至少是被他有意識地隱蔽起來。他避免太強烈地召喚起他對父親的記憶，因爲那記憶裡會有另一個形象悄悄闖進來，他熟悉的夢魘，在那房間裡的母親、她那張臉……

他焦躁地在房中踱步，把信紙摺回原樣，在他的掌心敲著，有那麼一刻他心中感到納悶爲何他父親沒有打電話，反而寄了這封信。但他隨即想起來。

他想起來，同時也冷冷地微笑起來，想起他在波士頓度過的那個冬天。比起後來的這些年，那一年過得不錯：進大學、適應新生活所必須從事的雜事、新面孔、要學習的新東西。即使是現在，在這裡，在溫暖的夏日早上這遙遠的公寓裡，他還能清楚記得那個波士頓的冬天、記得那精緻品味營造的莊嚴校園、高齡的樹木、孤傲的建築物。他記憶的窄門後是一張張被記憶集體泯滅的臉，沒有名字、無人認識、被遺忘，卻又熟悉。

他曾經喜歡波士頓的一切，因爲淒涼的日子以緩慢而乏味的節奏一天接一天重複著，每一天跟前一天大同小異，是一種無腦而又令人愉悅的單調，看不出有任何改變的跡象。那是一種不眞實的生活，在其中他無所謂快樂或是不快樂、沒有思想，也沒有感到有思考的必要。他往往有意識地希望生命不會有任何改變，可以在那不變之中直到生命結束。

但有一天他的生命終於結束，突然地、痛苦地、令人作嘔地結束，因爲對他來說一切都結束了。

那天一直下著雨。他記得十分清楚、也幾乎還能聽得見那無所不在的雨水像一條一條濡濕的皮鞭，無情地讓整個城市變得灰白而失能，耐心地蜷伏著身軀，忍受那輕柔的鞭笞。他自己則待在安全而寧靜的單人房中，壁爐中的火燒得正旺，給呆坐著的他帶來溫暖，因爲他已經坐在馬鬃塡充的高級皮椅上好幾個小時，瞪著但沒有眞的在看火爐裡顫動的火焰，在那溫暖而缺乏空氣的小小世界裡心情平靜，腦中一片空白。

然後電話響起。他被鈴聲震醒，驚訝和恐懼使他從椅子上彈起來。他站了一會，不想接電話，只想回到他被粗魯地拖離的溫暖椅子、爐火，以及無意識的思維狀態。但尖銳的電話鈴聲堅持不懈地響，讓他了解到他沒辦法置之不理。他走到房間的另一端，拿起聽筒。

「我是麥斯里。」

當然是他父親打來。他想起了當他聽見那熟悉卻令他憎恨的聲音時，心中產生的巨大衝擊。現在，他對當時的反應絲毫不感到羞愧或懊悔，彷彿那是發生在別人身上一般。因爲不知爲何，那語調，或者是音色，他也搞不清楚那是什麼，會勾起他的回憶，而那回憶就像黑暗叢林中的猛獸，來自暴力的淵藪，毫無預警地向他撲來。在他那無人聞問的小房間裡，他看過父母對峙、看過那無法從他最幽微的記憶深處清除的恐怖場面一再上演；這一幕如此的逼眞，如此的接近，每每讓他喉嚨突然收縮，放聲尖叫。

他記得自己恐慌地把電話聽筒拋開，隱約記得雙手摀著眼睛，尖叫著媽媽、媽媽、媽媽，直到他聲音嘶啞，神智不清，蜷縮著身體躺在地上倒抽氣。很久之後，人們發現他有這種狀況，十分害怕，不知如何是好。然後他父親被通知，來到波士頓。隨著就是醫生進進出出和長時間的等待，直到黑暗的帷幕被掀起，他又被甩回意識中，清醒過來；其實他後來才知道，那等待的時間不是幾個小時，而是好幾天。自此之後他就沒有再看過父親，不必任何人告訴他，他也知道是醫生警告過他父親，要避免和他見面，或刺激他。只有每個禮拜從父親的律師寄來的支票，才提醒了他父親的存在。直到這封信的出現，直到今天。

現在，事隔三年，在溫和的夏日早晨，他坐在公寓裡，會心地一笑，了解爲何他的父親沒有來電。

他再把信讀了一遍，然後把它揉成一團，丟到地上。

他走進臥室，沒有換下衣服便平躺在床上。但是他想要的平靜、遺忘並沒有到來。柔軟的床鋪讓身體放鬆，但身體放鬆只激起思緒、召喚記憶。他失去了對身體的意識，只剩思考與斟酌，活力變得支離破碎，在一個看不透的空間浮游飄動。

他躺在床上，彷彿身處另一個世界，想知道在聽到那沙啞的聲音說出謹慎的話語會是怎樣的，想知道見了面、聽見那聲音會召喚出什麼樣的回憶、什麼樣的畫面。這一切一直籠罩在某種他默許的隱祕、某種暗黑的遺忘，會不會再度回歸？被壓抑的回憶如針尖大小的光點，是否會使層層遮蔽的黑暗褪去，那小小的光點會不會成爲一根亮眼的光束把記憶戳破並撕裂？

慢慢地，他父親的形象從他隱約帶著創傷的回憶中變得更具體。就在不久前，他還沒辦法從他記憶深處強力召喚出一個清楚的想像，但現在那影子般的外形漸漸清晰，具有形體與力量，他可以一點一點地把那幾乎被遺忘的父親形象和舉止辨別出來。細節再度浮現：微笑時臉部肌肉的迅速抽搐、故意地輕咬上唇、怪怪的寬闊額頭上沒有一絲皺紋。他遠離現實的迷離恍惚被一股暖意滲透：一股對他來說是陌生的暖意，是他很久沒有從他父親身上感受過的。

隨著那股暖意在他體內流轉，他堅決的心意漸漸鬆動，站了起來走到房間另外一端。忽然間他很肯定他接下來要做什麼、有必要做什麼。但似乎是另一個人，而不是他自己，做出這個決定。

他與電話之間有段無法克服的距離。他沒有重量、在時間與空間之外，緩慢地、無助地被一股力量推去。

好一會兒他俯瞰著電話，細細品味著行動之前的美妙時刻。當他拿起聽筒，他訝異地發現那也是沒有重量的。他舔了一下嘴唇，把聽筒湊到耳邊，請接線生撥通電話後，等著聲音的出現。

「麗景飯店嗎？我要找赫里斯・麥斯里先生。」稍稍停頓後，他說，「好的。」

聽筒另一端發出啪的一聲，便沉寂下來。那一刻要來了，就在現在。但是沒有——還是傳來絲綢般的聲音，是剛才那陌生人的聲音：

「先生對不起，麥斯里先生不在，要留個言嗎？」

霎時間，他感到一片茫然。他直到剛才都十分肯定他父親會在的；沒有考慮到他有可能不在。他不知道該怎麼回話。

「先生，你還在嗎？」

喔，有的，他還在。是的。他可以留個話嗎？

「告訴麥斯里先生——是他兒子。麥斯里先生要不要和他兒子一起晚餐？好的，在麗景，七點鐘。我會在餐廳等他。是的，就這樣。謝謝你。」

他把聽筒放回話機上，心中明顯有一股強烈的失望。他一直害怕聽見父親的聲音，但是沒聽到又讓他失望。在失望之餘，恐懼開始浮現；如今他已經向前邁了一步，但又再一次感到害怕。他現在只能在自己激起了的急流中隨波而去。

他毫無動靜地坐了很長一段時間，眉頭緊蹙，眼睛瞇瞇地看著地板，然後站了起來焦慮地在房中到處踱步，手掌不斷捏緊又打開，滲出了的汗水就往臀部去擦。他聳了聳肩，又走進浴室，打開洗手台上的置物櫃，拿出了只剩不到半瓶的威士忌。他關上置物櫃，對著櫃門上的鏡子看著自己好一會，然後拿掉瓶蓋便要往嘴裡送，但他又停了下來，伸手往置物櫃下方的架子翻尋一下，找到一個杯子，仔細看了一下，發現杯子霧霧的，也沾了塵埃。他打開水龍頭，聽著自來水衝往臉盆的聲音。等到水變熱後，他把酒杯放到水柱下沖洗，然後打開另一個水龍頭，改用冷水。他關上水龍頭後，便把威士忌咕嚕咕嚕地倒進閃亮的酒杯裡，然後把瓶塞塞回去，放回置物櫃。他看著手中的威士忌，打了一個哆嗦，再在鏡中瞄了自己一眼，便閉上眼睛，把威士忌一口喝下。一陣嗆辣使他必須要靠著臉盆支撐身體，怕自己要嘔吐。最後一陣抽搐後，他再睜開眼睛往鏡子裡看，看著那忽然變得陌生卻又是全新的影像，一張他霎時間完全陌生的臉，只剩嘴邊仍刻著他輕蔑的神態，和一雙水汪汪但稍微泛紅的眼睛眨著。他轉過頭，走回臥房，坐在床邊，慵懶地看著自己的雙手交叉在胸前，看著，等著耳朵裡開始響起悅耳的嗡嗡聲。

那影像正要進入他的意識之中，已具有形體，像是澄澈的天空中雲朵聚集後又扭曲，卻提醒自己某個熟悉的臉龐，曾經認識、永遠不會忘記。

他一定是幾乎要睡著了，因爲想到那張照片，身上忽然間像是被揍了一拳，讓他從床上起身，彷彿受了驚嚇，他走到房中央，才感覺到他的身體在動。

然後他知道他一定是在做夢。他實際上已經有好幾個月沒有想過那張照片；避免任何令他想起那照片的最細微暗示，是他一直以來最成功的作爲。但現在，回憶彷彿洪水被水壩攔截得太久，氣勢與力量變得相當驚人。現在，父親的信就像一根巨大的鑰匙，開啓了水壩，而他自己被困在一個憤怒的漩渦中。

他跌跌撞撞走到浴室，用雙手將冷水潑向自己的臉，以爲這熟悉的動作可以趕走那半夢半眞的回憶。

他再回到臥房時，儘量避免把目光投射到五斗櫃，那是照片放置的地方。照片裹在絲巾裡，眼睛看不到，放在最底層的抽屜。不看五斗櫃，那是故意的忽視，而且比他想像的困難太多了。他站在角落，五斗櫃似乎變得越來越大，彷彿要把他推出門外。即使他從房間的左邊走到右邊、低著頭凝視著地毯，他的眼角仍可看見那個橡木惡魔。

他從房中央取了一張椅子，坐到窗前，但是沒什麼用，因爲如果他注視著外面的灌木叢久了，那灌木叢會膨脹起來、改變顏色，漸漸具有形體，成爲他要努力逃避的照片裡的那個身影。但如果他闔上雙眼，關閉那假象，就會有殘餘的、不成形的光慢慢滲進黑暗裡，聚合起來，漸漸呈現清晰的形狀，讓他不情願地認出那五斗櫃來。

他最後嘆了一口氣，站了起來，一股失敗感驅使他橫越房間，彷彿是朝聖者廟前祝聖一般跪在地上，拉開了五斗櫃最底層的抽屜，撥開堆疊好的衣物，探進底部，直到手指觸及那包覆在絲巾裡的圓型相框。他輕輕地從其他雜物之中把它取出來，蹣跚地橫越房間，直到膝蓋碰觸到椅子，然後坐了下來。他解開絲巾，動作猶豫，彷彿對即將發現的東西心生恐懼。他把反轉的相框放在膝蓋上，然後細心地摺好絲巾，放在身旁的桌子上。

他注意到象牙相框的背面已開始產生蜘蛛網般的裂痕。顫抖的雙手把相框翻到正面，照片中的臉龐與他面對面。

那股熟悉的刺痛感覺從指尖開始，波浪般以迅速而不規律的速度透過手臂傳遍全身。他知道自己一直在閉氣，便開始緩慢地呼吸，故意盡量平靜地讓悶在肺部的空氣排出來。

手中的照片是一個女士的臉，模糊的頭髮安靜地盤在頭上。那是一張美麗的臉龐，攝影師可能無心插柳地，掌握到她臉上那種無以言喻、稀有且難以捉摸的東西。那令人無法抗拒的雙眼穿過脆化的照片凝視著他，堅定而內斂、認眞卻溫柔，和善的鷹鉤鼻，鼻孔在豐厚的上唇上方微張，略爲寬大的嘴巴上，嘴角隱隱上揚，露出溫柔的微笑外，又帶著幾分嘲諷。

有好一段時間，他只能凝望著照片，毫無感覺，也喚不起任何記憶。過了很久，他回過神，抬起雙眼，望向窗外。此時，人行道上的強光已經消失，面前一整排的醜陋房子沒有了，也沒有參差不齊的城市景觀讓他分心。他的目光穿透這一切，聚焦在那藍色薄霧般失落的時間。他坐著不動，彎著柔軟的指頭輕撫照片，細細探索那精微細膩的地方，彷彿進入了另一種存在。

透過他的思緒與回憶，他能回到過去：那失落的時間在哪裡，他就可以駐足，即使是短短一刻、即使是從當下奇蹟地抓來的一瞬間。時間在哪？他記得某一刻。有時候在睡眠時會靜悄悄地在黑暗中踏著輕柔的腳步到來，模糊了他當下身處的黑暗。一股璀璨而溫暖的力量進入了正在睡眠的他——他的另一部分——把他送進一個夢境，而比起他在現實中虛幻的存在，那夢境顯得眞實多了。

那是他生命中最美好的時光，他想：失落的時光。是樹上的葉子與色彩斑斕的陽光相互糾纏的夏日時光。他總是把自己的童年想像成一個綿延不斷的夏季，一股慵懶的幸福感使他的頭腦和四肢麻木卻感到愉快。只要想起夏季，以及在草原上奔跑！陽光把他的手臂和腿烤成土黃色，他健康快樂，自由自在，這就是他的每一個午後：房子遠在山丘上，白色而高聳，石子路就像一條碎花彩帶不經意地掉落在草地上，私人車道是他曾經奔跑的地方，車道旁的花圃是他曾躺臥、壓碎了無數芬芳花朵的地方；在遠處，卻不是很遠的地方，傳來了帶著涼意的潺潺溪水聲。溪邊長滿了草，在某一處，在某個隱密的地方，落葉被堆疊成窄長形狀，不會狹窄得像墳墓，不會窄到僅可容身。在童年時平常的夏日，他們安靜地聽著清涼的流水輕聲細語，心中懷著幾分敬畏。他們在陽光下曬了好一陣子，他熱切地躺在她微微滲著汗水的臂彎裡，頭部湊到她的胸前，頭髮已有點淩亂。他們平靜地呼吸著，同時肅然起敬地體會著泥土的呼吸。他充滿睡意的身體在草地上輕柔地翻了翻身，用迷惘的語調問，「媽媽，水要流去哪？」他得到神奇的答案，「到海呀，到海裡去……」

即使是現在、在這裡，在他渾身麻木的狀態下，他再次聽見那聲音，那輕盈的節奏填補了時間的鴻溝。那聲音模糊而遙遠，但是儘管如此，卻仍然一樣的懇切、一樣的熱情洋溢、一樣的清澈嘹亮，一如那很久以前的夏日午後所聽到的。

他記得在那夏日溫熱的午後在外歡快嬉戲後回到那清涼白屋所散發的親切感。他幾乎能夠再次感覺到他累癱卻愉快地躺臥的沙發給予他那豐盈的愛撫、幾乎能夠再次看見聽見母親坐在鋼琴前給他彈唱，就如她每天晚上他睡前做的。

他記得那些溽熱的晚上他躺在床上看著窗外繁星點點，等著、數著那些時刻，那些等待時的全然狂喜時刻。他聽到樓下的時鐘微弱地敲響了鐘聲，迴盪在濃重的黑夜裡。在他幼稚的驚奇感驅使下，他一直以爲那鐘聲來自他臥房正下方一間他無法接近的明亮房間。鐘聲的響起同時召喚起他強烈的痛感。

當時在他的想像裡，已看到母親走上樓梯，到二樓來。現在到了兩段樓梯間的平台了，他會這樣告訴自己：現在她到了樓梯頂，踩上鋪在最後一階上的絨布墊子：現在她在走廊上了。然後，心中的期待強烈到令他不得不緊抓著兩邊床緣，抿著嘴不讓嘴唇顫抖，或者大聲呼喊。

最困難的時刻是她的手輕撫房門，並往室內輕輕推開。對她的即將現身，這個年輕的靈魂花了他所有力氣不讓自己高聲喊出他的愉悅、跳下床，並迎面跑向她，用雙臂緊抱她。不可以。他必須要當一個有禮貌的孩子：他要躺著不動，對著她微笑，心臟同時在胸口裡失控地跳著。他在這個最微妙的時刻，知道必須要等待她那平常不易透露的情緒。

有時候她會伸出雙臂環抱著他，躺在他身旁，揉揉他的頭髮，並在他耳邊輕聲細語。有時候她似乎憂心忡忡，心不在焉，彷彿根本沒有躺在他身旁，然後她會短暫地把他抱進懷裡，欲言又止地跟他說話。但是最珍稀、最美得令人感到驚奇的時刻，是她像白色的天使般飄進他的房間、坐在他身旁、輕輕地抱著他、話語不多卻極爲溫柔而平靜地凝望著他那沐浴在月色裡的懇切的臉。這時候他害怕移動身體，也幾乎害怕呼吸，因爲他最輕微的動靜會粉碎那如水晶般既完美無瑕，又無需言語交流的氣氛。

但總是會有一個互道晚安的親吻。

他們會親吻很久。而當她的嘴唇離開他的臉龐時，他身體會維持靜止不動，仍然閉著眼睛，微笑不自覺地掛在嘴角。他會仔細感覺她的雙手伸到他頭部下方整理他的枕頭，或者是讓被子完整包覆好他的身體。再一次溫柔地輕拍他的身體後，她便會輕輕地離去，跟進來時一樣。他不會再睜開眼睛，即使想要看著她離去。直到他睡著以前，他都會闔上雙眼，最好是能夠把她的身影在整個長夜、在他有生之年，或永遠永遠刻在腦海中。

這是他人生中最美好的時光，他再一次確認：當你年紀很小、當生活是日復一日的簡單而完美的黃金歲月。

他坐在椅子上頗長一段時間，凝望著窗外，回憶著那些日子。現在他的眼睛可以重新組織眼前所見，他看見陰影已經消失，樓下的街道不再被建築物的倒影覆蓋。他發出一聲嘆息。看看手錶。十二點。

同時，他想起了與史塔佛・朗格有約，一股憤怒使得他心頭一揪。

要花一小時洗澡、換衣服。花一小時準備與史塔佛・朗格見面！他苦笑著，心裡想著史塔佛，很刻意地想著史塔佛。想著史塔佛能夠讓他不想起他的父親，以及今天晚上隨之而來的磨難。

像箭一般他從椅子上彈起來，大步走到房間的另一端，把相框裹在絲巾裡，放回原位，然後再大步走進浴室。蓮蓬頭強力的水敲在磁磚地板上，綻開一幅讓他甚爲得意的刺青圖騰。

他將淺粉紅色的門向內推開，踏了進去，同時又站到一旁，讓咻一聲迅速關上的門俐落地切斷外面的強光。他閉上眼睛好一會，以適應昏暗的室內。他再睜開眼睛時，感覺稍微好了一點，便跌跌撞撞地走到精心擦亮的吧檯前，直到坐到高腳椅上，他才放鬆下來。

他覺得自己和其他坐在半圓型吧檯外圈的人是觀眾，酒保是演員，在一個由圓柱體、正方體和球體排列而成的背景幕前，演出各式各樣的角色。這背景幕就是塞尚的藝術主張！但是他有想過會是這樣嗎？

他暗自發笑。

其中一個演員出現在面前，用一塊濕毛巾給自己面前的私有空間神聖化，稍作停頓，然後眉毛一揚，問他需要喝什麼。

他感到好笑，「馬丁尼。不甜的。」

他對剛才觀眾與演員的類比給了更精細的描述。這是一齣史詩劇，觀眾和演員可以互換角色，包廂可以莫名其妙地切換成舞台、舞台切換成包廂，而觀眾和演員的角色功能則輪流擔綱。

你非要讓我心碎才心滿意足……

喔，他想，史詩劇，只需要一個銅板。

他用拇指和食指指腹捏著杯腳，專注地轉動著，然後把酒杯提到嘴邊，一飲而下。他隱隱地微笑了一下，咀嚼口中的橄欖，聽著歌曲。

歌唱完了，他瞄了一眼手錶。史塔佛又遲到了，這是他意料中的事。他示意酒保他的酒杯空了。他稍稍更安心地鑽進他另一層意識裡，稍稍更深入地依偎在那全屬於他自己的黑暗裡，他等著。

終究，他想，那是一個人不斷在進行的事；等待或讓人等待。

他認爲這是一句格言，有著某種微妙的弦外之意，也滿足了他的虛榮，所以他嘴角揚起，心中一直出現這句話，也重複地說給自己聽。

正當他喝完了手中的雞尾酒，準備要用他那細心照料著的牙齒從牙籤上扯下那顆橄欖，他的肩膀便感覺到那柔軟的手，一隻不需移動便能給人施與愛撫的手。他做了一個表示厭惡的鬼臉，在高腳椅上轉了個身，不經意地甩開了那隻手。

「你遲到了，」他說。

史塔佛輕輕地、神祕地笑了一下，彷彿他擁有無邊的智慧。亞瑟曾經花了很長時間才發現這個表情所隱藏的空洞無知。

「喔，我十分的抱歉，亞瑟，」史塔佛．朗格說，「眞的，十分抱歉。今天早上發生了一件最令人無法接受的事，讓我極度地困擾，打亂了我整天的步調，我的意思是名符其實地打亂啊。」

亞瑟嘆了口氣，「發生什麼事？」

「喔，我現在不能告訴你，不行不行，晚一點吧，或許。非常可怕的事，」他誇張地做出渾身顫抖的姿勢。

「你要喝點什麼嗎？」

史塔佛把頭歪向一邊，嚴肅地看著他，「眞的，亞瑟，你怎麼受得了？現在那麼早。你的肚子不會抗議嗎？你不怕胃潰瘍嗎？我知道日落之前喝酒一定會得胃潰瘍。」他說到那最後三個字時嘴巴歪七扭八的，最後一個字吐出來後嘴唇還圓圓地固定在那裡。

亞瑟聳聳肩，轉頭再向酒保示意。

「喔，不要了，我們走吧，」史塔佛衝口而出，「這地方眞討人厭。」

亞瑟皺著眉頭，只希望史塔佛不要用他尖銳、做作而獨一無二的嗓音如此大聲說話。他注意到左手邊一對夫妻瞄了史塔佛一眼，便迅速轉過頭去，怕被發現他們在偷笑。

「好了，」他跟史塔佛說，有點不耐煩，「好了。」他掠過史塔佛並走向一道拉上門簾的入口，要進去餐廳。

但史塔佛沒有動。「亞瑟，」他聲調悠揚地說，「亞瑟，你要去哪？」

他咬緊牙關，轉身面對史塔佛，控制著自己的聲音，使得他的聲音聽起來冷淡，卻又顯得愉快，「去哪？當然去餐廳啊，來吧。」

「喔不，」史塔佛大叫，像在耍脾氣的小孩，「我不要去。食物絕對骯髒，我知道。裡面本來也不乾淨。」

亞瑟臉上一直掛著微笑，怕身旁有人可能在聽在看，同時往回走到史塔佛站著的地方。

「你聽好，」他雙唇繃緊，壓低聲線說，「不要再這樣了。」

「但是亞瑟，我知道有比這裡好的地方，好太多了。」

「不要以爲你可以說服我去另一家你的地方，我知道那裡長怎麼樣。我告訴過你我不想跟那種勾當扯上關係。」

史塔佛睜大了雙眼，感到受傷。「亞瑟，」他用責備的口吻說，「亞瑟。」

「不要再這樣子了，你知道的，我不喜歡。」

史塔佛下唇顫抖，雙眼含著淚水，「你怎麼可以說這種話，亞瑟？你很喜歡傷害我的感情嗎？是嗎？我沒有什麼好覺得羞恥的，我希望你了解。」

「閉嘴吧，史塔佛！」他壓低聲量憤怒地說。

「你就是不了解，是吧？」史塔佛若有所思地鼓起勇氣說，「如果你了解，你就不會……」

亞瑟厭倦地嘆了口氣，「好了好了，我道歉，什麼都好。那你想要整個下午站在這裡講話嗎，要不要進去吃東西？」

「很好，」史塔佛說，「很好，我去。但我肯定會嚴重消化不良。」

他尾隨史塔佛・朗格走進餐廳時，忽然清楚地意識到他身處奇怪的立場，讓他覺得好笑。他過去一直問自己怎麼受得了史塔佛・朗格，卻從來回答不出來。那不是友誼；沒有人會與他感到友誼的存在。他不會同情史塔佛這種人。史塔佛的變態行爲老是令他感到討厭。他有時候會對他感到一種強烈的厭惡，甚至是怨恨。也不可能是出於憐憫，因爲有些時刻，他也明顯地羨慕他已達到天下無敵地步的膚淺程度。

或許史塔佛是他所認識的朋友中，不需要奉承討好的。史塔佛接受他，就如同接受任何人一樣，單純只是爲了接受的那一刻。接受之前或之後的一切都不重要。他們的友誼，如果能稱爲友誼的話，是隨著每一次的會面而誕生，卻又突然地、毫無痛苦地嘎然而止。

他們找到空位，過度殷勤的服務生在他們面前把水倒進杯子裡，並等著爲他們點餐。亞瑟冷漠且迅速選好餐點，史塔佛卻對菜單感到焦慮煩躁，問了服務生好些問題，但服務生不是忽視他的問題，就是不耐地回應。每一道他想要點的餐點，他老是要就其品質、價錢和是否容易消化等問題尋求亞瑟的建議。

一點都不覺得口渴的亞瑟一口一口地啜飲杯中的開水。喝過馬丁尼後，水的味道顯得平淡，也不再清涼。他看著史塔佛，卻是心不在焉；而史塔佛則是熱情地擠了擠眼睛，和燦爛地微笑，作爲回報。

亞瑟被逗樂了，便決定採取友善的態度，閒話家常。

「好吧，你最近好嗎，史塔佛？」

「喔，不要問了，」史塔佛大喊，「請你不要。簡直是可怕，活不下去了，一無所有。」

「太糟糕了！」

「所以不要問了。」

「好的。」

史塔佛沉思了一會說，「最精彩，也是最致命的一擊，就發生在今天早上。」

「唔……？」

「令人作嘔，我說不下去了。」

亞瑟不說話。在一個戲劇性的停頓後，史塔佛繼續說。

「又是那個艾華茲。眞的，亞瑟，我不知道你如何受得了這個人。」

「我以爲你喜歡麥克斯。上禮拜，他是——他不是你所認識的人裡面，有著最『優質鑑賞力』的嗎？」

「我是被沖昏了頭，」史塔佛告訴他，「虛假的熱情啊！我願意承認是我錯了。」

亞瑟聳聳肩。

「你知道他跟我說什麼嗎？」史塔佛問道。

亞瑟搖搖頭，表示不願意知道。

「他叫我，」史塔佛輕聲地說，身體稍微前傾，「他叫我『他媽的小妖精』！還叫我滾出他家，別再靠近。」他鄭重地說完後，身體往後靠，一副得意洋洋的樣子，「你覺得怎樣？一個文明人會說出這種話，不覺得可怕嗎？」

亞瑟處於大笑和憐憫之間，明顯地感到矛盾。

「我覺得大家該知道他是哪種人，」史塔佛宣布，「我正在到處告訴我的朋友發生了什麼事，會傳開來的，你知道的。是的，沒錯，肯定會傳開來。」

剛才亞瑟的矛盾心情散去了，忽然開始爲他感到羞恥和可憐。「算了吧，史塔佛，」他說。

「什麼？」

「忘了吧。」

「我不會的，」史塔佛斬釘截鐵地說，「我很肯定沒人能讓我打消這念頭，到時大家都會知道。」然後他停頓下來，用懷疑的眼光看著亞瑟，「你企圖要保護他？背著我？」

亞瑟簡短地笑了一聲，就不再說話了。他們點的餐已經放在面前，也開始在吃了。整頓飯下來他一直東拉西扯的，有時候高聲抱怨，有時候裝模作樣，說話內容就像一首先天不良的交響曲，主題不悅耳，卻又單調地不斷重複。但過了一陣子，他們喝咖啡混時間時，史塔佛深陷沉默中。亞瑟注意到身邊一片死寂，便抬眼看他，卻驚訝地看見史塔佛臉上掠過一抹暗暗算計的表情，幾乎瞬間即逝。他當下變得謹慎起來。

「嗯，怎麼了？」他問。

史塔佛雙眼圓睜睜的表示無辜，「什麼？你什麼意思，亞瑟？」

「我明白那個表情，你想要什麼？」亞瑟微笑中帶著幾分輕蔑。

史塔佛無辜的疑惑表情凝結在臉上。他眨了幾下眼睛。亞瑟知道他內心在掙扎著要選哪種姿態。最後，他的一臉無辜消失，取而代之的是充滿自信的全新表情，輕鬆自在地把身體往前傾。

「欸！亞瑟！有人能騙得了你？我還想呢，眞的太笨了，」他停了下來，頭別過去，痛苦地盯著前方，最後開口說，「一切都那麼的恐怖、那麼的可怕。一天一天地過去，一無所有，難以說出口啊！」他顫抖著，「你知道的，有時候我問自己，『爲什麼？爲什麼要繼續下去？』但你知道嗎？」他輕聲地說，「你知道什麼東西讓我那麼害怕嗎？我告訴你，我也沒法回答，我回答不出我自己的問題，可怕啊！」

他等待著亞瑟口中傳來一聲憐憫，但是亞瑟沒有說話。

「我要跳脫這一切，」史塔佛往下說，「我要這一生做出點事來，找出一點意義，」他說話速度變慢，一字一句，「亞瑟，你一定要幫我。」

「我眞的不知道能做什麼……」亞瑟語氣謹愼。

忽然間，史塔佛的態度又變得有條有理，十分能幹，「一切很簡單，」他解釋，「我只想你讓我擁有五百元。」

「五百元！」

「是的。」

亞瑟平靜地看著他。「史塔佛，」他溫柔地說，「五百元是……」

「用借的，」史塔佛連忙插話，「你會收回來的，每一毛錢。」

「史塔佛，很抱歉，但是……」

史塔佛看著亞瑟，有點生氣，「你是怕錢要不回來？我的話不能當真嗎？是嗎？」他說到高音處有點破音。

亞瑟的手指在桌面上敲著，克制住心中的不耐，「等等！史塔佛，我沒有說你剛才說的話，也沒有說要不要得回來。你需要這筆錢來幹嘛？」

史塔佛繃著臉往後靠到椅背，沒有看亞瑟，臉頰泛起一股淡紅色。

「我想要買一部印刷機。」

亞瑟從喉頭發出一陣竊笑。腦海中無緣無故地掠過史塔佛・朗格跪在玩具印刷機前的身影。

史塔佛的臉頰變得更紅，「你在笑什麼？」他用挑釁的口吻問亞瑟。

「我不是眞的在笑，眞的，」但他還是忍不住咯咯地笑了起來，「但是你說話的方式。喔等一下，我……你幹嘛要一部印刷機？」

史塔佛身體往前移動坐到椅子的前緣，滿腔熱情地說，「我已經想好了，我要向你借這五百元，然後會向幾個我認識的兄弟再多借一點，我會買一部手動的——喔對了，我知道哪裡買得到，然後我會搬到卡梅爾，那是在加州，會出版詩集。」

亞瑟定睛看著他，被吸引住了，口中傻傻地重複，「出版詩集？」

「沒錯，我會負責所有的工作——編輯、設計、排版，全部的工作。我打算只出版寫得最好的。你知道的，我能分辨哪些好哪些壞。喔，那是辦得到的，你不需要擔心這個。」

他狠狠地瞪著史塔佛，忽然間想要狠狠地把他搖醒、像罵小孩一樣地罵他。但他沒有動，也沒有說話。

「怎麼了？」史塔佛問他，「你不覺得這是很棒的想法嗎？」然後充滿敵意地問，「有什麼問題？」

他能說什麼呢？他太了解史塔佛無頭蒼蠅般的熱情，而這股熱情早已消失，他現在只是拚命地強辯到底，企圖要向自己，而不是向亞瑟合理化自己的想法。

所以他粗魯地問，「你對印刷，或者是印刷機了解多少？你對出版業了解多少？或者是……天啊，甚至你有看過印刷機嗎？」

史塔佛揮揮手，「那些東西是可以學的啊，只需要一點點聰明才智、一點點適應力。我這個下午就去圖書館，他們會有書……」

亞瑟再也受不了，激動地大聲說，「你瘋了！」一些客人驚訝地轉頭看他們。他降低聲量對麥克斯說，「用用腦吧！轉個念頭，想清楚。天哪，你有腦袋的，不是嗎？要一部印刷機幹嘛？」

史塔佛痛苦的雙眼水汪汪的。「所以你不會給我機會，」他悲傷地說，「袖手旁觀。不幫忙。一點都不。」

「聽好，」亞瑟說，「我不是這個意思。我什麼都沒做。這想法太過瘋狂，但雖然這樣說，也不是主要的問題。問題是五百元。」

「也沒有很多。」

「或許不會很多，但是已經超過我手頭上有的。」

史塔佛雙眼痛苦地看著地板，「喔，當然，當然。這是最方便的說法。你以為你自己是出於好意。」

亞瑟咬緊牙關，「史塔佛，也不是好意或惡意的問題，那是——天哪，很難跟你溝通。」

史塔佛堅強地露出微笑，「喔，亞瑟，沒關係的，沒關係。」

又是冗長的寧靜。

忽然間亞瑟猛然大叫，「他媽的，史塔佛，我剛剛告訴你我沒有這筆錢，有的話，我會讓你得到想要的。」

史塔佛身體幾乎跨過桌面，屏氣凝神地說，「你會嗎？亞瑟，你眞的會？」

亞瑟已感到厭倦，「是的，會借給你。」

史塔佛的身體更往前傾，幾乎貼在桌面上。

「如果是眞的，」史塔佛壓低聲線說，「如果你眞的有這個意思……」

「是眞的。」

「那麼你可以得到這筆錢的，亞瑟，你可以得到的，你知道的。」

「這是什麼意思？」

「向你爸爸要啊，亞瑟。他會給你的，你知道他會給你的。」

他的身體像是有一股電流在竄動，雙眼睜得大大的。

「他不會拒絕你的，亞瑟，」史塔佛有完沒完地說著，「從你之前告訴我的，他……」

「閉嘴，史塔佛，」他淡淡地說，「請你閉嘴。」

「不要再來這套了，」史塔佛有點情緒失控，「說服不了我的。去問問他而已，對你沒有任何傷害的，畢竟，有部分的錢是你的，你告訴過我你媽留下……」

「史塔佛，我告訴過你不要再提出這……這……」亞瑟的聲音在他自己耳朵中顯得空洞而遙遠。

「你告訴過我！」史塔佛模仿著亞瑟的語氣，「喔，你讓我作嘔。不要演了，好嗎？去問問他，對你沒有任何傷害的。」

「史塔佛……」

「你害怕了，」史塔佛的聲音尖銳而刺耳，「喔，別傻了，問他，問他！」

他無法控制自己的聲音，顫抖、遲疑、斷裂、轉弱，但他還是努力把話說出來。

「史塔佛，如果你現在不站起來離開這裡，我會……」

史塔佛冷笑一聲，「你是在恐嚇我嗎？是的話，你就是在浪費時間，因爲……」

亞瑟的手最先碰到的是他餐盤旁邊那杯半滿的水。他還來不及思考，便把杯子裡的水潑到史塔佛臉上。史塔佛氣急敗壞地離開座椅，站到他面前，上氣不接下氣地用手擦著胸前濡濕的襯衫和西裝領子上的水滴，但沒什麼用。

「你！」他聲音顫抖，「喔，你……」

他的臉頰抖動著，彷彿快要崩裂一般。

「我不會再，」史塔佛大聲宣稱，「我不會、永遠不會再跟你講話，到死爲止。」

他隨即轉身，抬起頭怒氣衝衝地離開，水珠在他的臉上反射出亮光，像剛剛流下的淚。亞瑟看著他的背影。

史塔佛離去後，亞瑟的怒意便退去，只感到虛弱，身體顫抖個不停。他手肘支撐在餐桌上，臉部埋在雙手裡，忽而咯咯地笑，忽而抽泣，他想要停下來，但是他無法控制，他知道身旁的人都注意著他。

一根指頭碰觸他的肩膀，並聽到有人神色凝重地問他，「發生什麼事了？」

亞瑟儘量控制住聲音，「沒事，沒什麼事，不用擔心。」

「我們不希望這裡發生任何事。」

他轉身，並透過朦朧的雙眼看見一張圓潤而輕微顫抖的臉，跟剛才的聲音頗為相配。「沒問題，」他壓低了嗓子說，「沒什麼，我……」

「喝醉了，」他聽見耳邊有人帶著抱怨的口氣說，「他喝醉了。」

他猛地抬頭往聲音的來源看去並反駁，「沒有，沒這回事，我會……」

居高臨下的圓臉稍稍放鬆，短暫地如釋重負，但隨即又僵硬起來，聲音也不再含糊，變得有力，充滿自信與霸氣。

「好吧，你現在最好結帳離開。」

亞瑟的臉部抖動，不能自己，「我肯定我沒有……」

這餐廳經理彎身壓低聲線嚴厲地向他說，「你聽好，你要我去叫警察嗎？我說了，趕快離開。」

「拜託，」他含糊地說，「稍等一下……」他掏出一些錢放桌上，經理迅速瞄了一眼。

他隨即說，「你以爲這裡是什麼地方？」他肥胖的圓臉滿是怒氣，伸手抓住亞瑟的衣領，「來吧，站起來，」並向兩個服務生打響指。他們一直在附近徘徊，身體重心在雙腳間移動，蓄勢待發。接收到經理的訊號後，便迅步向前，將亞瑟從椅子上拉起來，左右押著他到餐廳門口。

他幾乎說不出話，也無法讓他們了解，「我沒事，」他最後終於說出，「你們不需要這樣。」

但是他們推著他到大門口外。他難堪地站在人行道上，眨了眨眼睛。他激動得肩膀高低起伏，但他乾燥的喉嚨發不出聲音來。過了一會，他沿著街道走，漫無目的地遊蕩，幾乎不知道走到哪裡。

幾個小時後，他從人行道踏進麗景飯店的旋轉門。城市的喧囂迅速與飯店大廳裡低沉的話聲融合。他站在入口處一會，辨認他的方向，然後橫越大廳，步履沉重躊躇，彷彿是個不速之客，闖進了那個人山人海，卻毫無個性的世界。他走到一段樓梯前，再往上走到一個長方形的平台，從那裡俯瞰，整個飯店大廳便被框在視線內；他只看見大廳上熙來攘往的人群，無名無姓，嚴格來說，那裡似乎不是由人所構成。

陣陣杯盤和銀器餐具奇特而低沉的碰撞聲從他背後傳來。這種一般大飯店的餐廳裡柔弱而隱約的聲音進入他的耳朵時，他的心臟便快速跳動，而自從他進入這飯店以來，第一次感受到此刻如此的巨大，足以像海浪一般把他淹沒。

他看看手錶，並深呼吸了一下，沿著走廊前往餐廳，撥開布簾，走了進去。服務生趕忙走到他面前，沒發出腳步聲。

亞瑟冷淡地說，「赫里斯．麥斯里先生訂了位。」餐廳裡衣香鬢影，彷彿是一座繁花盛開的森林。他循著餐桌之間狹窄的空間穿越餐廳，從陌生客人的背後擦身而過，忽然間便強烈感覺到他父親已經到了。他沒看到，但知道他的存在，每走一步，那種感覺就越強烈。

服務生停了下來。亞瑟感覺到而不是親眼看到他的手一揮，引向一張餐桌。服務生隨之消失，時間似在他身邊竄動，而他則是失神般沉默，彷彿是急流中的一塊靜止的石頭。他意識到自己的額頭雖然冰涼，卻因爲他的汗水而濕冷。

某股迅速卻非自願的力量使他猛然抬頭，並抽動他的嘴巴硬擠出一個微笑，同時開始尋覓他的父親。

他身材高口英俊，臉部窄長，微笑時短暫露出潔白的牙齒。他的皮膚平滑，顯然是理容院的常客，褐色頭髮從額頭往後梳，髮際線後的頭髮也漸漸稀疏。他的身體因緊張而顯得躁動不安，深邃黝黑的雙眼不尋常地閃閃發亮，某種不確定性或因困惑而起的擔憂令他眉頭微蹙。這是亞瑟當下所見或想起的景象。

赫里斯·麥斯里抬眼與亞瑟的眼神接觸，同時不自主地站了起來，半彎著身子，十指緊壓著桌面。他緊張地舔了舔嘴唇，然後站直了身子，伸出了右手，而亞瑟也下意識地回應了父親的動作，伸手握向父親的手。他纖瘦的手掌在手腕以下無意義地搖晃著，感到像一個泵浦被擠壓一般。

他認得父親控制得宜的嘶啞嗓音。

「再見到你太好了，小亞。坐下。」

亞瑟有禮貌地淺淺微笑；他掃視著父親的臉龐，並往心中拚命翻尋某些神奇的用語，以緩解父子間越來越緊張的氣氛。在這過程中，那一抹不經意的微笑一直愚蠢地掛在臉上。

「我今天下午才讀到你的信，」他說。這急促地說出的幾個字，每個字都攪在一起，「我——我打電話到飯店，但他們說你不在。」

他父親懇切地微笑，「有些事情要處理，才離開幾分鐘。飯店櫃檯的人就說你打來了。沒接到十分抱歉。」

隨之而來是一陣令人難受的沉默。然後他父親說，「在布宜諾斯艾利斯的時候有寫信給你，但沒收到你的回信，郵遞服務靠不可靠的——在布宜諾斯艾利斯。」

「我沒收到。」

「想也是，」他父親認真地說，「我想你是沒收到。」

然後赫里斯．麥斯里嘆了口氣，稍微放鬆了身體，靠向椅背。彷彿不經意地他的雙手碰觸到菜單，但這個動作也太不經意了吧，亞瑟心想。

他用一種假裝訝異的表情看著兒子。

「你餓嗎？我覺得有點餓了，要不要來點菜？」

亞瑟冷冷地點頭，拿起了面前的菜單。他們的眼神專注在菜單上印刷精美的字體上，要到服務生走到他們面前時，才抬起了頭。

服務生幫他們點餐時，亞瑟偷偷地觀察自己的父親。他比記憶中更瘦了，膚色也變深。南美洲的陽光曬黑了他柔軟的皮膚，要到髮際線附近才相當刺眼地開始變淡，並消失在稀疏且被曬傷的髮絲中；額頭上、嘴巴兩旁新增了幾條皺紋；行動變得比較迅速，比較敏捷。

在這種彼此都樂意的沉默中，亞瑟很好奇父親在想些什麼。在那高窄的額頭深處正醞釀什麼樣的化學作用？他也在想著過去嗎？他還記得嗎？或者說，他有做到他兒子所不能做到的？他能抹去他記憶中那個晚上的場景、那恐怖的一刻？

他不相信那是可能做到的。他很肯定，在那些「出差」的旅途中——那些前往遙遠地方的瘋狂旅程——那記憶會跟隨著他，就像一隻貪婪的野獸緊追著受傷的獵物。

在那漫長溽熱到不能入睡的夜晚，當他在陌生的國度陌生的房間躺在摻著他汗水的床上，他心裡在想些什麼？他有沒有在輾轉反側中想起那很久以前的另一個晚上？那些熟悉的景象有沒有在令人窒息的黑暗中冒出來嚇他，在他身邊揮之不去？

一直跑，老是跑著，他想；一直逃避，日復一日，卻總是逃不掉。一年一年地等著，體型漸漸鬆垮、額角漸高、熱血漸冷、眼角皺紋漸深，還有——

但他父親卻打斷了亞瑟這股突如其來的、溫暖的、無法理喻的衝動下對父親產生的憐憫之情。

「嗯，」他勉強表現得友善而愉悅，但是那自以爲是的嗓音頓時驅散了亞瑟剛剛萌生的同情與暖意，「嗯，已經很久沒有機會這樣子聊天了。」

亞瑟低聲地說，「是的，很久了。」

「我很抱歉，眞的，」他認眞誠懇地說，「但是那盤生意——花了我很多時間，你知道的。」說了這個謊，他雙眼隨即往下看著桌面，侷促不安地微笑起來。

他父親的話題漫無目的地一個接著一個，亞瑟十分感激他能喋喋不休，慶幸自己不被期待要認真回應，可以安坐在位子上聽那滔滔不絕的聲音，但又可以不用管他說了些什麼。

但他父親最終說了一句帶有意義的話，闖進了他的意識中，口氣聽起來是要他作出回應的。他說，「……但是我在這裡東拉西扯的，還沒有給你機會插句話，說說你最近在做些什麼。」

他帶著幾分惱怒與不悅，瞥了父親一眼。

「我——我最近沒做什麼，」他說，「真的沒什麼可說的。」

「好的，」他父親說，「沒關係。慢慢來，你還年輕。我猜你會繼續學業吧？」

「喔，應該吧，」他含糊其辭地說，「我讀了一些東西。」

隨之又是一陣沉默，已經危及到這番對話營造出來的脆弱平衡感了。但是服務生捧著食物出現，來得正好的干擾讓他們忙著，使得他們沒必要說話，那沉默就不再令人感到尷尬。他們各自對服務生投出感激的眼神，說了些敷衍的話，便開動了。

在他心不在焉地挑著餐盤中的食物的同時，也獲得瞬間的疏離感，儘管那是難以掌握，而且脆弱的。他覺得在這偌大的華麗餐廳裡，他似乎是孤獨，而且是唯一一個重要的人。在他面前的人毫無意義，他身旁的個體也是如此。他們唯一存在的理由是因爲他把他們放在心上。

餐廳的某處有樂隊在演奏，食客們紛紛移動到舞池。亞瑟看著這些人，好像是看著一個明亮而充滿活力的花園，裡面騷動著的顏色在他眼前閃爍變化。女士們的各式各樣顏色的禮服、象牙白的肌膚、緋紅的嘴唇、不同色調的髮絲——這些柔和的顏色襯托著男士們莊重的衣著和紅潤的皮膚。他可以閉上眼睛，讓這些人物和顏色彼此融合，並隨著舞姿旋轉著，形成一個複雜多色的構圖，很像他在麥克斯・艾華茲豪宅裡看過的某些油畫。

服務生收走餐盤時，他們才眞正意識到已經把餐點吃光了。服務生提著銀製的咖啡壺給他們倒咖啡，然後他們點燃了香菸，慢慢地啜飲。

現在還不需要話語。他們在抽香菸和喝咖啡的時間裡，一股溫馨的寬慰感在他們之間流動。亞瑟害怕他們杯中咖啡清空的那一刻，那時他們之間便沒有屏障，也沒有言語。

然而，他終於喝完最後一口咖啡，無法再拖沓。他抬起眼，此時他父親才把一直專注地看著亞瑟的雙眼轉開。亞瑟知道他們其中一人必須開口說話，因爲那沉默又再次變得具體，而且令人窒息。

「我在想要回到學校裡，」他衝口而出。那是謊話，但是必須說話的壓力促使他貿然開口。「我——我不想回到波士頓。我想要到另一間學校，但是我沒辦法決定去哪一間。我必須要搬走，那是當然的，我在這裡什麼都沒有。」他滔滔不絕地，幾乎不曉得自己在說什麼。

到最後他說到喘不過氣來，赫里斯・麥斯里認眞地思考了一陣子。他開口說話時，語氣是和藹慈祥的，彷彿備感榮幸。

「唔，你想要讀什麼？」

亞瑟聽了後皺了一下眉，覺得這個問題有點庸俗。

「喔，一般的科系吧，我覺得在波士頓學得不夠。可能拿個學位。我覺得你心目中可能有某間好學校。」

他父親露齒微笑，態度認眞，「嗯，讓我看看。離我唸書的日子有點時間了，不過——好，我們應該可以找到合適的。」他停頓了一下，然後很明顯地有了想法，「那麼——我有個想法。我明天就去見見瑞夫·哈根。你還記得哈根家，是嗎。不管了，他在一個教育諮詢委員會裡，或者類似的機構，他應該有最新的料——或者是資訊啦，關於大學方面的。要不要跟他談談？怎麼樣？」

「呃，」亞瑟不自在地說，「眞的沒有這個必要了，那只是一個想法。」

「爲什麼？瑞夫老兄很樂意幫忙。就明天晚上吧……我們可以一起吃晚餐，到時可以把整個事情談談。」

「我——我想再花點時間想一想。」

「瑞夫可以和我們吃飯，我們一起吃飯，而你們兩人可以聚在一起，把一些事情確定下來。」

亞瑟頓時如坐針氈，異常尷尬，「喔不，不，不要麻煩了，而且我——我明天晚上會很忙，有事情計畫好了。」

「喔，」他父親淡淡地說，「嗯，你知道嗎，我一直希望……」

「是的，」他迅速地插嘴說，「但是是很重要的事，我有一些計畫和什麼的。」

「當然，當然，」他父親略帶失望地說，「沒關係。就這樣吧——明天是我在這的最後一天，而且——」

然後他就沉默下來了，沉默了一段長時間，眼睛看著桌面。最後抬起了頭，充滿痛苦的雙眼讓亞瑟本能地轉過了頭。

「有時候我覺得好累，」他父親說。他沒看著兒子，彷彿不是在跟兒子或任何人在說話，「繞著半個地球跑，總是馬不停蹄，不會歇一歇。爲什麼我不能停下腳步？爲什麼我不能安頓下來？我沒必要到處走的。我說沒有人能接手我的工作，那是騙自己的。總是要逃離——用跑的，不是用走的，到達最靠近的出口。有什麼意義？有什麼理由？事業。他媽的什麼事業？一個藉口。如此而已。我不喜歡這樣，眞的。這你知道嗎？這不是我喜歡的，我覺得。但是可以消耗我的時間呀。」他笑起來，困頓地搖著頭，「消耗我的時間。」

亞瑟用力吞了吞口水，他無法說話。

「澳洲、南美洲……現在又要去印度。六個月、四個月，等著我把時間消耗，我們都在等待，時間和我。這是一個比賽，你懂的。是一個比命長的競賽。結束的時候，沒有贏家。這是最後的結果。沒有贏家。」

亞瑟閉上眼睛。他沒有力氣插話。他只能坐著，整個人在那嗡嗡的無助聲音下，一時不禁怔住了，被催眠一般。

「有時候我覺得我要停下來，要抽離，放棄一切。靜下來一陣子。但沒有用，我試過一次了。如果我沒有開始，一切都會不一樣。不過一旦你開始跑，你就停不下來。」

亞瑟的身體不自主的往前靠，但他父親沒有注意到。

「有一次我在北方的森林裡看見一個伐木工人，」他繼續說，「他站在河中央一根圓木上。只要他站著不動，一切都還好；但是他一定是厭倦了站著不動，因為他開始在圓木上跑。圓木在水上一直滾，一直滾，而他越跑越快。只要他在跑，一切也都還好，但是圓木滾動速度之快，讓他無法停下來。如果他停下來，他便會摔出去，整個人泡在水裡。那就是現在的我。對伐木的人來說可能是一個遊戲。但是我開始跑了，現在停不下來，不然就會摔出去，如果我摔了出去，我會被淹死的，因爲我已經忘了如何游泳。」

有這麼一刻亞瑟心中萌生了某種諒解，消除了他越來越強烈的恐慌。他彷彿站在遠方，透過彌漫的煙霧產生的變形效應，他第一次眞的看透他的父親。這個印象只持續了幾秒鐘，對它的記憶也才幾秒，但在這幾秒鐘的靈光乍現中，他了解了很多事情。面前是一個透過另一種方式以他自己的感覺爲感覺、以自己的記憶爲記憶的人。他意料之外地發覺面前的父親有著他過去不認識的地方，這個父親執著於自己的情感、自己的形象、自己的記憶。這個驚訝的發現讓他打破了沉默，用溫柔的語氣吞吞吐吐地說：

「我了解。是的，我了解。」

自從赫里斯・麥斯里開始他自言自語的沉思，這才第一次看著他的兒子。

「天呀，」他輕聲地說，「看看我們把自己的生活弄得一團糟！」他頓了一下繼續說，「我從來都不是一個好父親，是嗎？小亞，早知道的話……你知道的，我當時還年輕；不僅是年齡，還有很多重要的層面。有太多東西我沒有停下來去思考、去計算。但是那些都是藉口。不管是現在，或是過去，都是我的錯，我猜。我一開始就犯了錯，而讓錯誤一直延續，延續到——唉，延續到錯誤無法收拾。如果一開始我能夠聰明點、體貼點，或者——如果我能夠比現在更懂事！上帝呀，不知有多少人說過這種話！但是——早知道的話，一切都會不一樣，不是嗎？」

亞瑟不知道如何應付一股無法適應的溫情在他體內流動，那是如此的難以捉摸、那麼陌生。他開口說話時，聲音幾乎比耳語還小。

「我想我們無法對任何事情有把握，」他說，「每個人都企圖做他們認爲正確的，或最好的事，而——如果最後沒有成功，爲什麼——這很難怪罪任何人。事情就是發生了。」

現在他父親眼中的忐忑不安已經消失，發出一縷新的、強烈的光芒。他看著兒子時的眼神充滿熱烈而壓抑的愛，目光如火一般在他兒子身上焚燒。

「我厭倦了到處跑了，」他說，「我在那圓木上跑了——喔，似乎一千年了。我累了，不會繼續跑了！」他用緊握的拳頭砰一聲敲在桌面上，聲音如同在懇求，「我能停下來——那不是不可能的——如果有人能幫我。但是——靠我自己，那是不行的，我知道。想想看，爲什麼我們不能忘記那些年？爲什麼不能呢？想想看——你自己也在跑啊。我知道的，我看得出來。痕跡都表露在臉上了，而且，天曉得，我就看得出來。我們能不能彼此幫忙？開始的時候會很困難，我知道。不會的，不會很容易。但是——我們都那麼累了，有時候必須要停下來！」

亞瑟對父親的觀感產生轉變，感到不安。在這種心情下他彷彿快速穿越時空，看見他的父親。他似乎顯得較爲年輕，更像他記憶中的那個男士。他聽見自己的聲音，就像微弱的聲音迴盪在空氣中，有點陌生，帶著疑慮，「我不知道……我不知道。」

他心中拒絕思考這份溫情的可能性，那是全新的，是意料之外的。他一直在等待著讓他震驚的事，等待著記憶這隻貪得無厭的邪惡怪物蹦出來。但是沒有震驚，怪物也沒有現身。

他無法知道當下該說什麼、該做什麼。他茫然的目光看著父親，耳中聽著自己心臟的跳動聲。隨著，他面前的空間變得模糊，開始感到暈眩，連續眨了好幾次眼睛，搖搖頭，讓自己的目光從父親身上轉移到餐廳的其他角落。

忽然間，讓他震驚的事出現了，使他身體僵硬；他聽見那邪惡怪物在吼叫。他眼窩周圍的皮膚鼓脹，上半身往上提，倒抽一口氣，無法置信。

因爲那一身白色裝束、敞開雙臂，彷彿從擁擠的食客之間滑行過來的女士，就是他的母親。

她全身彷彿被一層銀色的薄霧包圍著——精緻的髮絲溫柔得像一個光環般輕撫著她的頭部，就跟他記憶中的一樣；皮膚也是同樣的象牙白，一如以往。她輕盈地一步一步靠近他。

然後他身體靠在椅背上，顫抖的手捂著雙眼。那完全不是他的母親。是個陌生人，一個他素未謀面的女人。被室內的光線騙了，他告訴自己；只是被光線騙了，加上一點點的相似，以及當下的情境引起的誤會。

然而他無可避免地再抬起雙眼好奇地看看那讓他產生錯覺的身影。但這讓他受到第二次驚嚇，因爲剛才那位女士的雙眼直接地看著他們，而且毫無疑問地正向他們走來。他疑惑地眉頭一皺，轉向他的父親。

但是赫里斯・麥斯里沒有看亞瑟，因爲他也正看著那位女士，而他的臉部開始產生變化，彷彿預期著某種令他擔心的事。

他們還來不及說話，那女士已經站到他們餐桌前，用愉悅而聒噪的聲調說，「親愛的小赫呀！整個下午都很想你耶，爲什麼不打電話呢？」

赫里斯・麥斯里的臉紅通通的垮了下來，尷尬地站起來，結結巴巴地說，「喔，我——我——」

她大笑起來，笑聲彷彿是兩把刀刃碰撞時發出輕微的叮咚聲，「沒關係啦，達令，只是你有說要打給人家呀！不用站起來啦，我只是剛好跟朋友來這裡，看你們在談事情，好嚴肅，就想到走過來讓你放鬆一下啦。」

她隨之微笑起來，露出兩排潔白細小的牙齒。她好奇地看著亞瑟，他一直冷冷地看著她。

赫里斯・麥斯里沒有看他們二人，只是垂頭看著餐桌，捏得緊緊的雙拳抵在桌面上，桌布上產生了幾條皺紋。

那女士再次笑著，但笑聲顯得勉強、緊張而猶豫。「好吧，」她說，「不打擾你們了，我只是——」

狼狽不堪的赫里斯・麥斯里擠出心底一點點殘餘的尊嚴，「對不起，愛倫。這是我的兒子，亞瑟・麥斯里。亞瑟，這是愛倫・菲力小姐。」

被稱呼爲菲力小姐的女士以驚訝的眼神瞪著赫里斯・麥斯里，「你的兒子？怎麼的，赫里，我從來不知道——」她說了一半突然打住，轉向一直坐著不動的亞瑟，微笑著，同時伸出她指甲修得精美的手，「很高興認識你。」

他無視那懸在半空的手，沒有回應她的話。他有注意到父親向他閃過一瞥痛苦的眼神，但他還是沒有動。

那女士看著赫里斯・麥斯里，改變了說話的語氣，「如果打擾到你我很抱歉，赫里，我們待會見。」然後她信步離開，消失在人海中。

赫里斯・麥斯里緩緩坐回椅子上，看著兒子，看著他蒼白無表情的臉，看著他的雙眼閃爍得像是散落在玻璃菱鏡後正在焚燒的煤炭。

經過一段互不退讓的沉默後，赫里斯・麥斯里說，「好了，這不是很重要，忘了吧。」

剛剛的溫馨時刻已經消失，彼此都知道回不去了。那是一種失落，一部分的亞瑟對這失落感到悲傷，那是一種他打從一開始就知道無法避免的失落。而那是如此小的事情。按他的邏輯那是小事；那就一定是小事。

是的，就像他父親說的，不是很重要。但是——但是。彷彿是一種強烈的意志力，某種莫名的力量在控制他們的命運，早已注定這事情會發生，早已賦予這事情一種奇怪且無法言喻的重要性，而這重要性是他當下便能確認的。現在這重要性已進入他的靈魂深處，產生一種盲目的恨意，破壞剛剛才產生的溫暖與諒解，在他們之間只留下難以言傳的痛苦與憎惡，折磨著他。那痛苦與憎惡複合成的憤怒被直接投向他面前毫無抵禦能力的人。

「忘了吧，」他父親再說一次。

忘記！他心中狠狠想著。「忘記！」他大聲說出口。

忽然間他記憶中的某個角落浮現出一個比較瘦削、穿白色衣服的身影在一個比較歡樂的時刻裡一個比較歡樂的空間掠過，也浮現出父親（他面前的褐色鬼魅）比較年輕的身影，和他自己。他們三人獨自在一個溫暖而充滿香氣的夏日黃昏中散步，他們心中沒有想到另一個時間，或另一個地方，因爲他們就是一切，不需要更多；而且一切都是美好，沒有不忠，也沒有一絲的焦慮不安，什麼都沒有。

「我不能忘記。」

他耳中聽到自己說出口的幾個字，也討厭那廉價的聲音、討厭想出這些字的腦袋、討厭讓這些話語說出口的雙唇。

「不要太認真，」他父親說，額頭上已閃著滴滴汗珠，「她——沒什麼，你知道的。」

憤怒且缺乏理性的話隨之衝口而出，「不」，他說，「我不知道。你——你怎麼能——這廉價的東西——這——」他搖著頭，全身顫抖，伴隨著噁心。不過，等他再開口說話時，聲音已經較爲平和，也採取較爲質疑的態度，「不，我不能理解。爲什麼一切會變成這樣？一直都是這樣嗎？我覺得我記憶中有一段時間——但現在一切變得很糟糕，這是邪惡！你、我、全世界，一切一切。我們回得去嗎？我們可以跟以前一樣嗎？哪裡出錯了呢？」

「但那就是我想要的！」他父親的用語變得低調，卻有某種特別的、瀕臨絕望的熱切，「你沒看見嗎，小亞？那就是我想要的——像以前一樣地生活——回到過去。我們可以的，如果你願意——」

「不，現在不。不行——喔，有什麼用，只有嘴巴在說。你回不去了，你知道的。才一分鐘，我還想——但是沒有了，消失了。一切又髒掉了，而那個女人，那個——你怎麼可以——」

赫里斯・麥斯里虛弱地提起手在自己面前揮動，彷彿是一個頭昏腦脹的拳擊手。

「好吧，」他說，「好吧。我想是沒用了。一開始就覺得會這樣。很抱歉。天呀，很抱歉。我還能說什麼？別人又能說什麼？但是——你懂嗎？當你發現自己沒有足夠的力量面對自己的想法的時候，那是最糟糕不過的，而且——好吧，而且你無法再孤單一人了。你必須要做點事，不管那是多愚蠢的事。你要讓自己相信你不孤單，就算你是。」

「我不認為她是唯一一個。」

「你為什麼要一直提起她？是的，她不是唯一一個，還有其他的。這多愚蠢！一直都有其他的，這沒有那麼大不了，你知道嗎。但是——她們都長得像她，我企圖讓自己相信……是的，一直都有其他的，爲什麼要否認？你現在了解了嗎？」

他們坐著不動，彼此瞪著對方，持續了一段時間，沒有人開口說話。最後，赫里斯・麥斯里在一陣巨大的痛苦下大聲喊出，「天呀，你不會認爲我很想這樣活，是吧？」

他的兒子忽然間站起來，小腿把椅子往後推開。不能傳達的憐憫和憎恨，與鄙視和沒有獲得回饋的愛兩者之間毫無結果的掙扎，讓他的臉扭曲變形。

「你這白痴，」他輕聲地說，「你這可憐的白痴。」但是他不知道說話的對象是誰。

他看了那縮成一團的身影最後一眼。腦中急速掠過一個可能不會再看見父親的想法。出乎意料地，淚水模糊了他的雙眼，他轉身衝出了餐廳。

他跌跌撞撞地踏出飯店的大廳，發現天色已晚。黑夜從天上偷偷爬下來，盤據了整個城市，正展開一場古老的戰爭。街燈與霓虹燈以令人憐憫的力度勉強力撐，但是它們的反抗似乎只強調了黑夜無邊的力量。

他吸了一口腐敗的空氣，深深地、渾身顫抖地。沁涼的夏夜隨著黃昏到來，清風滲過他的衣服，他打了一個寒噤，縮起雙肩，同時把雙手猛力塞進口袋深處，這與餐廳封閉的空間可說是天壤之別，讓他感到極度不舒服。

他站在人行道上好一陣子，猶豫不決，人潮像溪水一般在他身邊滾動打漩。這種單調乏味的力量下他無法抗拒地被簇擁著，呆呆地沒入奔流，彷彿是一片無色的碎片，在狹窄的小溪中翻騰，隨波逐流。

大都會夜晚嘩啦嘩啦的各種雜音衝擊他的耳朵，呼嘯著往他的體內攢，一波一波從急促漸漸減緩，在那裡堆積、迴盪，直到整個城市似乎融合成爲一個巨大的聲響在搏動。沿街店舖的櫥窗射出刺眼的燈光似在賣弄風情、巨型的霓虹燈招牌、城市裡形形色色的發光體、擁擠到交纏扭曲的人流、蝸牛般緩慢前進的發光車流盤繞蜷縮——這一幕幕街景重複著他體內那不受牽制卻刺耳的旋律。

在此夏末的黃昏裡走在擁擠得水泄不通的街上，他忽然感到一種莫名的寂寞，這種寂寞只有在人群中自我身分模糊掉的殘酷時刻裡被感受到，那是一種純粹的寂寞，是在其他情況中無法體驗到類似感受的。在廣闊無垠千古不變的沙漠上的獨行者，不會像迷失在擁擠的大都市的人一般的寂寞。沙漠上的獨行者總是會注意到自己哪怕只有少許的重要性，及他與放眼所及的空間之間的關係。然而，身處於擁擠的人群中的獨行者，會漸漸不再感到自己是獨立的個體。數以百計的身軀不經意地向他壓過來、數以百計的異樣目光茫然地投向他的臉，認不出他是誰、聲音在他頭頂、在他身邊四周發出，卻不是跟他說話——這一切就是眞正的孤獨、這一切當他跌跌撞撞地在人流中飄移時，模模糊糊地領略到。

然而，突然間一股力量的強烈拉扯，讓他脫離了人流，身體緊貼在一個商店的玻璃門前，看著他剛才身處的人流向前滾滾推進。他站在那裡好一陣子，整理他混亂的思緒。

他看見隔壁幾個店舖以外有一面霓虹燈招牌，有規律地一閃一閃的。從他的位置他看不清楚上面的文字，但他也不敢往前走幾步仔細看清楚，怕會被那飢渴的人流再次吸回去，把他吞噬；但是霓虹燈招牌下方的一個縫隙，傳來了讓他感到平靜的刺耳笑聲與音樂。他徐徐地在人行道上移動，身體仍挨著一間間店面前進，直到他能滑進那一間店裡。他進門的時候，才能看見那霓虹燈亮起的文字：路易薩。

他發現自己站在一個窄小的門廳，燈光微弱。衣帽間一個穿著隨便的女士以她塗滿睫毛膏的疲乏雙眼看他。他把帽子遞給她，換來了一個卡紙製成的標籤。他走向一道鑲了木板的雙開門，進門後就聽到了伴舞樂隊低沉哀鳴的音樂，那是他在外面就已經聽到了的。

室內比他想像中大。從窄小的門廳和狹小衣帽間，他預期裡面也是同樣的狹小和擁擠。衣帽間的確是狹小，但夜總會本身則意外地極爲寬敞。他的左邊沿著牆壁的一個凹處是吧檯，吧檯前金屬的紅色皮面高腳椅，大部分都被客人佔用。他們幾乎都很安靜，認眞地專注在酒精上，或透過吧檯後的鏡子觀察自己悶悶不樂的樣子。

那裡除了偶爾有玻璃杯碰撞聲，或雞尾酒調酒器搖動時的嗖嗖聲以外，很少發出聲音。吧檯之外較大的空間裡的餐桌、舞池和伴奏樂隊才是眞正的聲音來源。他站在這空間的最外圍，看得出來猶豫不決。

一個服務生小心翼翼地走向他，雙眼上下打量著。人們幾乎一下就看得出來他那專業的頭腦正在把面前的顧客打量一番，並做出分類。

「有訂位嗎，先生？」服務生按慣例的問，面帶微笑。

「沒有。」

「沒有訂位？喔，這樣子，」服務生假裝感到驚訝。他不偏不倚地把食指放在下巴的凹處，向四周張望。然後，彷彿是給予一個極大的恩惠，在客人耳邊輕聲說，「我想……好的，我幾乎可以肯定……有一個很好的位置……最後一刻才取消訂位的，我相信。先生，請跟我來。」

然後他們就走向那張最後一刻才取消訂位的餐桌。服務生誇張地把椅子往後拉，然後一鞠躬。亞瑟正要坐下來，很神奇的，椅子邊沿便湊上他的膝蓋後方，他雙腿一彎，便輕輕地撲通一聲坐下來，而菜單忽然間便出現在他面前。

「喔不，」他心不在焉地說，「還不用。我想……先……先來一個白蘭地加蘇打。對。」

服務生離去後，他把手肘擱在白色的桌面上。自從他在麗景飯店離開父親後，這是第一次他的身體沒有在動。當他頭腦空空茫然走在街上遊蕩時，似乎所有的感覺都已經中斷，直到一個吉祥時刻的到來。而現在，那個時刻已經出現，出現在他身上，他的痛苦如巨浪般襲來，要把他溺斃。

帶著某種憤怒而痛苦的幽默感，他很想知道爲何眞實而深刻的情感會透過他的肚子呈現出來，因爲忽然間他的腹部開始造反；有一隻巨大的手在那裡攪動和撕扯。額頭上汗水如珠的他，一度覺得自己會生病。但是他克制住，把痛苦藏起來。

一陣想要嘔吐的感覺消失後，他便感到伴隨著困倦的寬慰感，一股微妙的倦怠感遍佈他全身，他整個人放鬆，彷彿已經精疲力竭，來得急速，也充滿幸福。如果他不知道他任何的動作都會摧毀這股他求之不得的慵懶，他就會立刻離開這夜總會、會回到他的公寓，撲倒在那等待已久的床上，一睡不醒。但是他知道現在的情況處在某種微妙的平衡狀態；他不做出任何行動。

音樂已經停止了一陣子。現在，他的眼角瞄到樂隊領班站上了樂隊所在的小平台上，疲憊地向樂手揮動指揮棒。樂手們把手中未抽完的香菸熄滅掉，拿起了樂器，樂隊領班一揮下指揮棒，音樂便響起。

夜總會裡的重心開始移動，很多人從他們的座位站起來，湧入舞池。身材姣好的女士讓自己的身體被技術熟練的男士折彎，國標舞特有的機器般精準姿勢讓亞瑟目不暇給。

他想，這些人就像啞巴木偶般被隱形的手操縱；就像被隱形的繩子上下拉動的木頭和黏土製成的人偶，體型古怪、穿著俗艷、刷上油彩、打扮講究、畫上機械式的笑容。他沒有看見那種有血有肉的社交活動；看見的是一齣啞劇、一支簡單得近乎白痴的牽線木偶芭蕾舞，既恐怖怪誕又幼稚得令人討厭。

透過精神的集中，他似乎可以控制舞者的速度和舞姿，也可以，如果他想要的話，把他們停下來，讓他觀察與分析每一個姿勢。讓他感到好笑的，是看著兩個連結的軀體，間歇性地同時猛推或急速拉回，隨即懸在空中動也不動，直到樂隊再響起另一個小節，然後他又看見舞者猛推、急拉、停頓，又繼續隨著一個又一個小節的音樂，讓身體扭曲、猛推、急拉、扭動、停頓，一切如幻似真。

他改變眼睛的焦點，讓動作加快到正常的速度，整個舞池就像一個礦井，像鰻魚般的軀體在水中蠕動，時而停止，時而受驚嚇般抽動。每對男女都似乎黏在一起，身體緊貼著，直到他們變成外型不規則、有著兩種強烈對比顏色的巨型雙頭怪，來自外太空。微笑、吼叫，或極度痛苦下的齜牙咧嘴，讓他們唇掀齒露的，顯得愚蠢可笑。

然而，不論是那歇斯底里般的動作，或是身體上的不規則扭曲，這些跳舞的身影都有一些非出於自願，和令人沮喪的層面。彷彿他們身上只有一個不重要的、肉體的部分在跳舞，另一重要部分從一個難以想像的高度觀看著。或者，就如他當初所想像的，他們彷彿是眞的有著木做的身體、黏土製成的臉，企圖要達成一些與生命近似的目標，卻又用錯了方法，而自己又瞭解到用錯了方法。

他聽到一陣輕微但蓄意的咳嗽聲，抬頭便看見服務生端著放有白蘭地加蘇打的銀色餐盤，耐心地站在他身旁。他點點頭，服務生把飲料放在他面前後便轉身離去。

他看著高腳杯裡琥珀色的飲料好一陣子。飲料的深處發出微光，彷彿是一點火焰，他坐著注視那不動的微光，幾乎被催眠，而伴隨著夜總會裡各種聲音揉合成令人昏昏欲睡的嗡嗡聲，他似乎慢慢地微妙地離開了自己的身體，上升到另一個空間，得以用一個奇怪的全知視角往下看自己。不過他的思想與身體並沒有眞正的分離；比較接近的是一種複製，像是細胞分裂一般，從原來的實體一分爲二。

他覺得自己的思想和肉體都耗盡了力量。他現在知道一整天下來是一個考驗。沒有辦法確切提出任何一件事，是耗盡他力量的——有那麼多的事件，堆疊在一起，各自產生其張力；現在它們總結在一起困擾著他，嚴重到他無法做出反應以保護自己。

他爲什麼來到這裡？這不是一個庇護所，而他也知道這裡不是。是什麼無意義的事件一直引領著他，越來越深入那對他來說無跡可尋、也沒有意義的迷宮？

然而他忽然間相信，任何他有生之年發生在他身上的事，都不能怪罪於他，因爲他沒有行動過，他從來沒有做過出於自願的行動。某些莫名的力量推著他從一個地方到另一地方、推著他走一條他不想走的路、推著他進入連他都不想知道的不知名的地方。一切都是黑暗、都是無名，他走在黑暗裡。

他深深嘆了一口氣，思想又回到他的軀體。琥珀液體裡的微光只是室內某個光源的反射。

他拿起酒杯，手指感到冰冷。他啜了一口。沁涼的飲料附著在上唇，癢癢的，麻麻的。他雙唇發出一個響吻，假裝在享受飲料的美味，然後順口發出長長的「啊」的一聲，表示滿意。他靠向椅背，慢慢喝著飲料，等待著這個夜晚向他展開，一句一句地，像一本還沒被閱讀的書。

他不是突然間看見那個女的。她的出現像微妙的睡眠一樣悄悄地到來，最早是他的眼角不知不覺地瞥見到她。如果她不是杵在那裡動也不動的話，他也許從來不會注意到她。在那不變的空間裡，一切瞬息萬變，她是唯一不動的人。大家漫無目的地在舞池中群集、扭動，但是她只是了無生氣地、無力地在進入吧檯區的拱門邊上靠著。

他雙眼沒有移動好讓自己更仔細觀察她，所以在他的視線範圍裡，她只是一個模糊的身影。但是儘管沒有清楚看見她，他有一個極爲奇怪的感覺是她正在直視著他。他第一反應是覺得不可能，那是一種幻覺，是喝了幾杯後產生的過敏反應。但那感覺揮之不去，無法讓他脫身。

沒有實際轉頭看那女士，卻又要擺脫那女士在看他的這種感覺，成了內心的掙扎，也是一個他跟自己玩的小遊戲。他感到脖子後面發熱，那是一種難以言喻的尷尬所引起，通常是被另一個人無緣無故沒來由地看著的時候。

畢竟，他告訴自己，僅僅甩一甩頭便可以解決問題。看那女人一眼，但很短暫地，他再一次告訴自己，然後把你的注意力集中在更重要的事情上，譬如說，喝你的白蘭地啊。

但是他耽誤了太久了，使得這事情不再容易進行。這想法使他內心侷促不安，覺得是人生一大失敗。

他幾乎是帶著罪惡感把上身轉過去，直接看那女的。她還是輕鬆自在地靠在吧檯所在入口的拱門邊上。

她很漂亮。他當下就發覺到。是夜總會裡最漂亮的。很長一段時間以來他見過最漂亮的。她身材嬌小結實，裹在紅色絲質緊身長裙裡，三七步站在門邊，曲線緊緻，臀部至大腿修長，長裙從膝蓋以下到裙襬是一波波的褶皺，小蠻腰往上的軀幹漸漸隆起，形成精緻完美的胸部，與緊身胸衣相互推壓。她的皮膚、頭髮、眼睛黝黑，豐厚的雙唇擦了深紅色口紅。

她在看著他。

他隨即另有發現。她已喝醉。她靠著門邊的姿勢不是在休憩，而是身體需要支撐。在他看她的時候，她很明顯地搖晃了一下，並抓緊了門邊以保持平衡。她的雙唇微張，嘴角往下形成半圓型。雖然她凝視著他，卻沒有笑容。

尷尬的感覺再度出現，掩蓋了他看見這位可愛女郎的瞬間狂喜。他該不該把身體直接再往後轉一點，假裝他剛才沒有看見她？但他拒絕這樣做，他已經看太久，而且看得太專注了。他迅速地吞了一口口水，點了點頭，猶豫地強迫露出一個微笑。

她對這個打招呼的輕微舉動，並沒有立刻認可，在她陰沉而憂慮的臉上沒有掠過一絲動靜，但回瞪了他幾乎有半分鐘之久，令他越發感到不自在。然後，毫無預警地，她搖晃著身體，穿過舞客走向他。

他感到一陣短暫卻強烈的恐慌。他剛才爲什麼要微笑呢？他感到十分疑惑。他不想要跟她說話、不想她坐到他的桌子來。他不知道要說什麼、對即將來到面前的她也不知如何是好。他匆忙地把剩下的已變溫的白蘭地加蘇打喝光。

然後，她就站在他身邊，搖搖欲墜地低頭帶著好奇看著他。恐怕她會倒下，他連忙站起來身體僵硬地鞠了個躬，但這時他才發現他喝下的酒精也正在他身上產生作用。他感到暈眩，整個夜總會都傾斜了。他抓緊椅背對她微笑。

「妳好嗎？」他莊重地問，「要坐下來嗎？」

她看著他，目光呆滯。她的喉音頗重，有一點混濁。

「我跟朋友一起的，我不知他去哪了，走了吧，我想。」

他臉上仍掛著微笑，用一種他認為是熱情而具魅力的口氣說，「眞的？是這樣！好的——坐下，請坐。」

她整個倒在椅子上，但他有用雙手把椅子固定住，優雅地把這一幕處理好。

「口渴，」她說，「非——常——渴。」

他的恐慌已經散去，取而代之的是一種彷彿喉頭暢順的滿足感。他隨手一揮，示意服務生過來。

「當然的，」他對那女的說，「沒問題，妳要喝點什麼？」

「沒差了，眞的沒差。」

他清清喉嚨，然後轉身，但發現服務生已經耐心地站在他身邊。他快速思考，咬著下唇猶豫不決，最後他說：

「喔，我想我們來一瓶香檳好了。」他的語氣儘量表現出漫不經心，但說出的話又顯得焦慮不安，而且做作。他轉頭問那女的，「香檳可以嗎？」

她冷淡地點點頭。

他向服務生說，「好的，香檳。」

服務生看著他們，一臉疑惑，搖著頭走開。

亞瑟微笑著把頭轉回來，向著那女生。他眉開眼笑地看著她，但是她只還以慵懶的目光。

「哈囉，小情人，」她說。

「哈囉，」他笑了出來，「我叫亞瑟・麥斯里。」

「小情人，」她說，「我就叫你小情人。」

他又笑了，「那妳是誰？」

「我？我是誰？喔，我是克萊兒，克萊兒・赫斯克。我是波希米亞人，你知道嗎？」

他的微笑已帶著困惑，「什麼？」

「那是我的國籍，波希米亞人。」

「很棒的國籍，」他說，「很棒。」

「我有告訴你我跟別人一起來嗎？嗯，是呀，但現在他走了。不在了。我不曉得他去哪了。」

他臉上裝出訝異的表情，「你的意思是——他把你留在這裡？他怎麼可以這樣子？」

克萊兒的臉沉了下來，「他是王八蛋，我覺得。」

她沉思著這個新發現好一陣子。

然後她宣布，「我比較喜歡你。」

他感到臉部脹起來。「很好，」他說，「很好，本來就該這樣。」

他頭部輕飄飄的，他開始以嶄新的清晰頭腦面對眼前事物。他之前的憂鬱一掃而空，焦慮也得到緩解。一切都變得美麗、快樂：如此一個有趣的物種，在這裡，就在他身邊。他以欣賞的角度看她，她的雙眼與他平視，但他知道她沒有眞的在看他。仍然陰沉而憂慮的臉、看不清的內心不會讓他們能四目交投。但是，稍等一下，他想。稍等一下，他歡欣鼓舞地想著。會改變的。

服務生帶來了香檳，也打斷了他的思緒。服務生捧著香檳進行不可思議的開瓶步驟，他看著感到著迷。當瓶塞「噗」一聲彈開，他嚇了一跳，神經質地咯咯大笑。

「我喜歡香檳，」克萊兒說，「癢癢的，喝下去會癢到底的。」

他快樂地笑起來，表示同意，二人恭恭敬敬地乾了一杯。

「可是沒什麼後勁，」她說，「我喜歡那種有後勁的。」

她慢慢地說著說著，像在夢中。他聽著聽著，開始對她所說的失去注意力；不過從那宜人的聲線得到慰藉，那就足夠了。他很想知道她是怎麼樣的人（整體來說很有趣，那當然，但是——）。她從哪來的？她住哪？她做什麼的？一切無關重要的瑣碎事。他稍後會找到答案，當然的，但現在邊聽她催眠曲般平順的話語邊做揣測，是最有趣不過的了。速記員？不是的，她看來不像是祕書那一類，一點都不像：而且，她的指甲太長了，塗成鮮紅色，跟口紅一樣。那些手指不會敲打字機的（他對這個推論有點過度自豪）。售貨員，接待員？不，她不屬於這類。身材太苗條了，保養太好了。但是，她做什麼的呢？

能夠一邊在這擁擠的歡樂窩的地方靠著椅背，放鬆心情聽著可愛女郎的迷人聲音，一邊在斟酌，企圖對此女郎的人生做出綜合判斷，可以說是最快樂的事。聽起來蠻無聊老套的，但他現在樂此不疲。在黑暗中神祕地移動：從哪來到哪去沒有人知道：午夜裡的輕聲細語、一個約會、在那黝黑的頭髮裡一朵白玫瑰。（喔，可愛的頭髮裡一朵白玫瑰，一定要的！）寬容體貼、永遠聰慧、知道一切、了解一切。現在，樂隊應該開始演奏一曲縈繞人心的華爾滋：維也納之夜：舞會、大家喜歡卻無人認識的神祕女郎。

他暗自發笑，幾乎聽得見笑聲。如此狂野的想法：像是雜誌裡連載故事裡發生的。然後他又採取挑釁的態度——不是的，這是漂亮的想法，蠻漂亮的。爲什麼他就不該被允許想漂亮的想法？有理由來解釋他爲何不該嗎？

他透過一片歡樂的氛圍向克萊兒微笑，整個人輕飄飄的。她已經沒在說話了，再一次用茫然的眼神凝視他。

「怎麼了？」他問，「你剛剛說什麼？」

她頓了一頓，思考著他的問題。「我不知道，」她說，「不記得了。」然後搖晃的手指向香檳酒瓶。她等著。

「什麼？」他茫然地問。

「瓶子，」她嚴肅地說，「瓶子空了。」

他看了看瓶子，感到訝異。那麼快？時間沒有意義：彷彿服務生才剛剛把瓶塞彈開，而他們才剛剛舉杯。

「是喔，」他說，「空了。好吧，讓我來。」

他打了一個手勢，服務生向他走去。

「你叫什麼名字？」他問。

服務生被逗樂了。「尼科斯，」他說。

「尼克，這位女士和我想要——」他轉頭問她，「再來點一樣的嗎？」

「不要，」她說，「來點有後勁的。」

「尼克，有後勁的。來一瓶——」他配合笨拙的手勢來比劃他心目中的大小，「一大瓶。」

尼科斯親切地微笑，「抱歉，餐桌區不可以點一整瓶的。」

「好吧，沒關係，」他顯得通情達理，「沒問題，一杯一杯來，白蘭地，大杯的。」

尼科斯再露出微笑，點頭後便離去。

樂隊彷彿自覺地強調自己安靜了好一段時間，驟然響起了音樂。

「我有點不舒服，」克萊兒說，「跳個舞吧。」

他皺著眉頭，一副迷惑不解的樣子，但並沒質疑她的邏輯，不過他還是有點猶豫。

「恐怕我不會跳得很好。」

「你能動吧，可以嗎？」

「可以啊。」

「好吧，就來吧。」

他們好不容易地緩緩進入那滿是身軀的舞池。他一隻手臂試探性地扣著她的腰部，另一隻手的指頭因觸摸到她赤裸的背部而縮了回來，像觸電一般。她咯咯笑起來，他的手又放回去，這次比較堅定，但還是帶著羞怯。她把自己黏到他的身上，緊隨著音樂的節奏移動身體，（因爲舞池已擁擠得沒有讓腿部活動的空間）。現在，他想，我自己也是一個啞巴木偶。現在，我也是被看不見的繩子牽著：現在我已經進入了這個礦井，我是他們其中之一。

他身體緩緩搖動，嚐著肉慾的感官刺激，強烈地感到她的身體與自己的身體緊貼著。她的手臂緊緊勾著他的脖子，身體推向他，露出某種純粹的飢渴，與她本人無關。她堅挺的胸部隔著他的襯衫猛力推擠，他感到她的大腿向他的腿部擠壓，她的腹部在他們移動時產生些微的顫抖。她的臉部湊向他，直到彼此緊貼，她沉重的呼吸讓他感到耳朵發癢。他身體稍微往後退，好看著她的臉。他們保持這個姿勢好一陣子，凝視著對方，身體仍隨著音樂搖曳。她微張的雙唇第一次露出微笑，一個慵懶、昏昏欲睡，卻是全心投入的微笑。他想像在那半開半閉的眼裡有一把火在悶燒。不久，她就像耍脾氣的小孩一樣，臉上不帶一絲表情，拉著他的頭湊向自己，讓他的臉頰和耳朵再一次感受到她呼吸的起伏。

他幾乎不覺得那一支舞已經結束。一陣錯愕之下他鬆開了對方，挽著她的手臂回到他們的座位。他呼吸沉重，感到臉部微微發熱。他們坐下來後，他看著坐在對面的她。她已再回復悶悶不樂的厭煩表情、眼睛也再次茫然、嘴角往下，彷佛有難以言喻的不滿。她仍是一副無動於衷的樣子，無論在舞池裡她明顯表現出來的是哪種情感，都很快地消失殆盡。這讓他感到不滿。

他企圖讓他聲音不再顫抖，但徒勞無功。

「好一點了嗎？」

她點頭。

「好很多了，該死的服務生到哪了？」

「他來了。」

飲料放在他們面前。他們同時拿起酒杯喝了下去。他放下酒杯時，杯子還是半滿，但是克萊兒喝了個精光才停下來。

「這還差不多，」她說，「有後勁。」

「白蘭地。」

「是嗎？好吧。喝一陣子後味道都差不多。」

他知道自己要喝醉了。他的下顎下垂、嘴巴鬆弛，話語脫口而出，卻不知道在說什麼。他只知道很神奇地話語一來一往毫不費力，他的聲音也源源不絕。不斷咧嘴而笑讓他臉頰的肌肉感到痠痛。

逃避主義，這是當然的，他想；純粹的逃避主義。但是他多討厭這幾個字！多討厭啊！太清教徒了。他們用「逃避主義」來指稱一些無法提出簡單合理理由的行爲，不管那些行爲是高尙或卑賤。逃避。當然是的。從大的困惑逃到小的困惑。在這裡，至少他看得出那困惑，即使他不了解其意義：就面對它、擊敗它，哪怕只有片刻、哪怕必須要把它喝下肚子，永遠遺忘。白蘭地加蘇打，我們這時代的萬靈丹。克萊兒，喝得半醉，像安放在底座上的一尊少女雕像。

他搖了搖頭並露齒而笑，嘴巴張得更開，對他自己無法控制自己的思緒毫不感到困擾。就像帶刺的薊被微風捲起，在他的意識中亂竄。

「你在笑什麼？」克萊兒問他，語氣尖銳，有點挑釁意味。

他嚇了一跳，立即讓自己平靜下來，半認眞半敷衍地把頭湊向她。

「沒有。我是說——」然後他突然驚喜地發現了理由，他說，「喔，我很開心啊！」

她挑釁的態度消失，並進入一種微醺下的嚴肅氣氛。

「喔，了解，你很開心。」

「是啊，妳呢？」

「喔，肯定的，」她含糊地說，「爲什麼不？」

「我希望妳玩得開心，」他的聲音幾乎帶著羞怯，「我要妳玩得開心。」

她慵懶地帶著疑惑的的目光說，「我看不到你，坐過來，靠近點。」

他把椅子拉近，膝蓋輕輕碰到她的大腿，她熟練地讓自己擠得更靠近。

「這樣好一點嗎？」

她露出她慵懶而心不在焉的微笑，「有啊，現在看得比較清楚，你人很好，你剛才說你的名字是什麼？」

他再告訴她名字，幾乎沒有注意她的問題，也幾乎沒有注意自己的回應。他在桌底下伸手想要觸摸她的手，手指搔到她的大腿便立刻縮回；但她的手突然飛快地穩穩握住他的手，拉回到她結實平滑而溫暖的大腿上。

她臉不改色，聲音也毫不費力地流動，彷彿剛剛的小插曲與他們所想所說無關，是他們不太關心的事。

「亞瑟。很好的名字。我喜歡你，亞瑟，」但她的頭隨即轉開，問了另一個問題，「該死的服務生去哪了？」

亞瑟揮了揮他剩下的一隻手。一直耐心地看著他們的服務生點了點頭，便消失在他們的視線中。

「你在向誰揮手呀？」克萊兒漫不經心地問，

「服務生啊。他正在準備我們的飲料。」

「喔，很好。我不知道你在向誰揮手，所以我才問。」

隨之是一陣沉默。服務生拖著腳步走到他們的桌子前，把飲料放下。他們重複著自動化的儀式，用他們空下的手舉杯，安靜地敬酒，再喝下去。亞瑟把酒杯放回桌上，用修長的手指輕撫酒杯的曲線。

克萊兒的目光專注在他身上。

「繼續吧，」她說。

他茫然地看著她。

「你的手呀，」她說，還用手指著，「再動一下呀，我喜歡你的手。」

他把手舉到他眼睛的高度，凝視著他的手好一陣子，彷彿難以相信那眞的是屬於他身體的一部分。

「喔，」他說，「妳是說我的手。」

「是的。」

她迅速舉起手，把亞瑟的手捉住，拉到桌面輕輕地放下，手掌向上，手指伸直。

「好棒的一隻手，」她繼續說，「我老是注意別人的手，是第一眼要看的。有些人看眼睛，有人看臉，有人看頭髮，但我總是看手。」

她說話時，雙眼維持在一種複雜難懂的專注力上，專注在他拇指根部那塊鼓鼓的肌肉。這似乎就是亞瑟當下所認爲的，因爲當他跟隨著她的視線，他看見自己的手，但他幾乎認不出這是屬於他身體的一部分。他試著蠕動他的手指。二人都被這動作逗樂了。

「像蛇，」她說，「白色的蛇。不過我喜歡蛇，我不怕牠們。」

這些手指眞的像蛇，他想：修長、白皙，頭部粉紅色的兩頭蛇。這想法有某種親切怡人的恐怖特質。

「你的手用來幹嘛的？」她問，聲音模糊但頗有吸引力：她的腔調柔和卻刻意、溫暖卻又熱情洋溢，「你一定是做精密細緻的工作——你畫畫嗎？玩音樂？你的手用來幹嘛的，亞瑟？」

他和藹可親地對她微笑。他感到一股力量在他身上堆積，「我什麼都不做，」他說，「我是寄生蟲。」

「你肯定做得很好，」她繼續說，彷彿他沒開過口，「像你這樣的手，你做工作一定很細膩。」

就在這一刻，他無可避免地對這位坐在他身邊皮膚黝黑的可愛女郎產生滿滿的愛慕。他知道他可以很理性地分析出原因；他知道如果他這樣思考，他可以歸因於過量白蘭地所引起，是過量酒精造成的情感脆弱。但即使是這瞬間的體認也無減損這強烈的情緒。拙於言辭的他感到這位女郎有著體貼、良善、寬容的特質，那是比她所說的平凡話語更深刻的，深刻到他甚至難以用文字向自己解釋清楚。

「好，」他忽然衝口而出，「聽好，我想告訴妳一些事。我是蠻封閉的，或許；但無論如何，我——我認爲妳很棒。我——我喜歡妳。妳漂亮，而且——但這不是我的意思。我的意思是，這只是一部分而已，但是——」然後，他便陷入自憐的情緒，他說，「我從來沒有玩得這麼開心，妳知道我的意思嗎？不太——開心。但是——今晚——現在我玩得很開心，我記憶中沒有像這樣子開心過，」他哀傷地搖頭，「都是因爲妳。如果今天晚上不是因爲妳，我——好吧。我眞的希望這一切會繼續下去。那是全因爲妳。」

他停了下來，身體靠向椅背，這強烈卻又酣暢淋漓的尷尬局面讓他全身發熱，他身體上負責說話的部分很顯然受到他一串話，以及他的誠懇所感動，但另一部分的身體，那聽者、那漠不關心的那部分，卻因另一種尷尬而感到憤怒，因爲意識到他所說的是如此貧乏而笨拙。

「你很棒，」克萊兒水汪汪的雙眼半閉，斟酌面前的人，「我喜歡你這樣說話。」此時亞瑟感到桌底下的手被握得更緊。「你會陪著我，會嗎？你不會走掉剩下我一個人，像另外那個人。」

他吞了一口口水，「我會陪著妳，」他說。

「那很好，」她閉上雙眼，身體更往他靠近，彷彿忽然間變得疲憊不堪，「你走了我會很寂寞。」

然後，他便融入了她的倦怠中，也閉上雙眼，滿足地把它們裹在眼窩裡。而他正體驗著對黑暗、對友善的孤獨、對寧靜的強烈需求；需要一個這樣的空間可以讓他放鬆，並輕柔地撫摸她的身體，那不是爲了滿足迫切的目的或意圖，而是爲了一種慵懶而滿足的舒適感。的確，他但願自己瞎了，看不見。因爲只有這種方式，他才能領略觸摸的完整意義，而那偏偏是我們的感官經驗裡早已變得遲鈍、變得痲木的。

瞎子多幸運啊！他想。瞎子不會受影像的殘酷衝擊、瞎子整個人獨自存在於充滿黑暗美的個人世界、瞎子在不透過視覺的欺騙下獲得世界上物質的相關知識、了解其形狀或感覺。視覺往往把知識和理解帶入歧途。

在這充滿過多強光和吵鬧的夜總會裡，他但願自己又瞎又啞，但願自己是一坨敏感的肉，可以感覺和瞭解，卻不需要知道，也但願自己是一個一動也不動卻能感應的物質，看不見，聽不見，說不出。

他更用力閉上雙眼，企圖隔絕室內的強光；但他無法隔絕。雖然物體形狀和外表已糊掉，但他還是能感覺到光影的移動，一個玫瑰色的微光拒絕被擠出他的視覺以外。強光滲透眼瞼上細薄的皮膚，不管他如何拚命嘗試，也無法驅除那令他心煩的對光的感應。

他的手仍被握在克萊兒的指間。透過她單薄的衣料，他能感覺那平滑的大腿。那皮膚是溫暖的，甚至發熱，他也能感覺那皮膚的白皙。他覺得可以感到她活力十足的血液、其熱切的脈搏，也感覺到深藏於肉體裡的悸動。

他深呼吸了一下並張開了眼睛，整間夜總會在旋轉，令他頭暈目眩。他立刻又把眼睛閉上。

他還沒回歸完全黑暗，克萊兒的聲音便闖了進來。

「你在想什麼?爲什麼閉上眼睛？」

「沒什麼，」他微笑著，「我快樂的時候都會閉上眼睛。」

「可是你看不見我呀，你不想看見我嗎？」她的聲音不帶半點自大浮誇、不帶傷害，只是直率，不被修飾的好奇心。

「我可以感覺到妳，這比較好。」

她咯咯地笑，彷彿是陽光普照的溪流裡溪水與石塊碰撞。

「我喜歡你的手，好棒的手，這樣說會不會很噁心？」

「當然不會，說得好。」

他仍然沒有再睜開眼睛。她的手指在他的手上緩慢移動讓他沉浸在一種慵懶倦怠的肉慾滿足感中，這種類似透過性交方可獲得的滿足感來自於那撫摸的動作本身，幾乎彷彿她也是瞎子般，彷彿她在用她的指尖，記住他手掌上每條曲線、每個凹陷的地方。

再一次的，他強烈地希望能把他徹底滿足的狀態傳遞給她。但是一直有一道障礙，總是文字這道障礙。可是他現在感到那障礙是超越文字的，是一個更深刻更有意義的層次。他打算張開嘴巴但又閉上，一句話都不說。

因爲在此刻，他知道他如此渴望得到的領悟，是一種必須來自他們彼此之間，不被玷污的且只有他們倆，不必要求，不必確認。他思考了一陣子，覺得自己發現了箇中祕密。

那是把男性和女性湊在一起的東西：不是思想與心境的投契，也不是瘋狂性交時的男女合體——都不是。那是要建立關係的脆弱需求，這種需求比蕾絲緞帶打的結還要脆弱。因此他們必須要二人合力奮鬥，永不停歇而且真的是合二人之力而已；正因爲如此他們彼此又愛又恨，掌握到後又丟棄，只爲了那細細一條他們怕被毀掉而不敢測試的線、爲了那條他們怕折成兩半而一直加以保護的脆弱的線。

我們多孤獨啊！他想。總是如此孤獨！

克萊兒訝異地看著他，摸不著頭腦，他才猛然發覺自己把心裡所想的說了出來。

「孤獨？」她語帶疑惑地問，「喔，我們不孤獨呀。」

他窘迫地一笑，「不是的，我不是這個意思。是別的事，我在想別的事，完全不同的事。」

「爲什麼？」她問，「爲什麼想別的事？」

「對呀！為什麼？」

他向服務生揮手。他忽然間神奇地情緒高漲起來。他不再有醉意，沒有。只有一種讓他陷入狂喜的麻木感，和溫暖的觸覺貫徹他的體內，使他可以放鬆。他幾乎沒有任何言語表達的問題。

當他的手還在半空中興奮地揮著，整個夜總會的燈光也在他眼前變暗。他當下本能地感到因恐懼而引起的緊張，彷彿是死亡的霧一步一步籠罩著他。理性告訴他室內的燈光是被調暗的。他疑惑地轉頭面向克萊兒。

「等一等，」她告訴他。他可看見她的眼睛已經睜開。直接看著他，但沒看見他，眼中發出興奮的光芒。

「怎麼了？」他問。

「沃麗塔。」

「沃麗塔？」他愚蠢地重複著。

「當然是啊，你不是要來看她的嗎？」

「為什麼——不是啊。她是誰？」

「你甚至不知道她是誰？大家都來看她。」

「喔！」他大惑不解。

「這是他們來的唯一理由。」

大家停止說話時，室內的燈光幾乎已經全暗。

克萊兒徐徐移動身體靠向亞瑟。他感到她的肩膀抵住他的胸膛，以及她呼吸時身體微微的起伏。

最後，當他面前所見形成一個偌大長方形的暗影時，所有人都安靜下來。空氣中充滿著期待的耳語聲。他的眼睛適應了黑暗後，便辨認出滿坑滿谷的人臉，僵直的、毫無特色，懸在空中，令人難以置信。

在黑暗中，樂隊開始演奏，先是緩慢的木管樂器奏出超凡脫俗的樂聲，再來是弦樂器加入厚度與音色；然後是隱伏在背景的鼓聲鼕鼕鼕如流水般響起，聲音漸漸變強烈，且持續，到最後整個樂隊似乎只有一種樂器，發出充滿情慾暗示的旋律。

音樂揚起的同時，天花板的某處亮起了微光，照向裸露的地板。到樂聲逐漸加重，原來不被注意的光線變得更亮。

然後，突然出現眼前的是沃麗塔，身體蹲伏著做出等待的姿勢，平靜而神祕。觀眾席引起一陣騷動，紛紛湧向前方，想要更靠近。

她的皮膚呈金黃色，她穿著簡單，薄紗般材質的服裝寬鬆及臀，相同材質的綁帶束著她一雙豪乳，腳踝處繫著一串扶桑花花環。除此之外，身上就沒有其他衣物。

她茂密的頭髮不規則地裹住她狂野的臉龐，那是一張似乎沒有思想的臉：太厚的眼影膏使眼瞼下垂，蓋住了狂暴的雙眼，窄長的鼻樑有著出人意表的偌大鼻孔，性感的雙唇顯得豐厚，微微張開，露出白皙的銳齒。

她第一個引起亞瑟注意的動作是雙手略帶痙攣般的扭動。這手部的動作彷彿不是依靠沃麗塔而存在，而是在音樂的強烈節奏下活著、呼吸著。這動作之悠遊嫻熟，要模仿的話是一種折磨，那是從指尖到手腕、手臂，最後到肩膀的連動。亞瑟從她塗了油的皮膚底下，可以看見肌肉的細緻的動作，優雅而流暢，就像在蠕動的蛇一般。漸漸地她整個身體開始配合音樂的旋律而抖動。

但是她的舞姿並非契合著音樂。她彷彿是被某種魔鬼般的力量驅動著，她要與之掙扎也是枉然。音樂像繩子一樣牽著她，而雖然她用上全身抖動的力量加以抗拒，她也只能按照音樂的指引移動或轉身。毫不費力地、一點一滴地，音樂把她身體往上牽引的同時，她坦露的雙臂做出波浪流動的動作。漸漸放棄抗拒後，彷彿爲了安撫那股力量，她的身體輕柔地左右搖曳，顯得有點勉強，而雙臂卻擁有自己的生命般按照音樂節奏的底蘊，繼續其舞動。

強光毫不留情地來自聚光燈，使她的身體發出微光，移動的時候，彷彿是一顆寶石的琢面閃爍著。她繃緊的身體往前傾，似要跨過桌面。他幾乎沒在注意身旁的人，自己全神貫注在這奇異的女郎在舞池中央肆意擺動身體。

音樂的節奏越來越狂野。在放棄了最後殘餘的抗拒力量後，她如情人般忘情投入節奏的懷抱。她的舞動帶著旋轉在舞池中馳騁，彷彿著了魔，觀眾也彷彿被擄獲，進入了這舞動世界，聽得出來呼吸加重加速，像夏夜裡的強風，肌膚也被她嬌媚動人的眼睛挑逗。

這一切是獨立完整的，與舞者及其舞蹈無關。四肢的揮動、肌膚發出的微光、動作的完美與隨性、脈搏噗噗噗地跳動是音樂的血液在流動——這一切混合與融和，幾乎成爲一個獨立的元素，與其他元素組成了整體。

而舞蹈仍不斷越發狂野。沃麗塔咧著嘴，雙唇緊緊壓迫著蒼白的牙齒。她閉上雙眼，身體自虐式的扭動讓她忘情於那類似透過性虐待而獲得的滿足感。她的胸部繃緊，似要衝破那片薄紗而出，腹部平坦的肌肉旋轉與扭動，整個人無法控制地產生間歇性的抽動。

現在，高速而瘋狂的連續迴旋讓她成爲一道模糊的光。在他眼中，此景象彷彿是一面蝕刻版畫，只能捕捉到極短暫的瞬間，所以他瞥見的是不斷抖動的畫面，其中她的腿部和胸部像筒形卷軸般旋轉。他耳邊充滿來自舞池旁邊的緩慢而無聲讚嘆，而他也被捲進這共同的網，也爲之緊張，被吸引到身體往前靠，拚命要抓住這表演的最重要時刻。

最後，一陣尖銳而不協調的音符後，表演結束了。在最後一段不協調的節拍，沃麗塔的身體在歡欣鼓舞中一躍而起，橫跨了舞池，以黑豹一般的優美與從容姿態著地，只距離亞瑟的桌子幾呎之遠。

她的臉上是強烈的、狂暴的，幾乎是極度的狂喜，彷彿是戰勝了一切而感到興高采烈。當下亞瑟便對周遭失去了意識。面前的一張臉在他的意識中漸漸變大，膨脹到不合乎比例，構成了威脅，而且無法滿足，他的雙眼也爲之震攝和癱瘓。

他沒頭沒腦地站了起來，他覺得他聽到有人在呼喊，似乎在忍受極大的痛苦。有可能是他自己。他不知道。

那是因爲忽然間，他看到的是他母親的臉；那是很奇怪的事，因爲那張臉，那張暗黑、熱情而狂野的臉一點都不像他母親。但是有一些東西——在那臉上的東西，是他不知如何認得出來，或爲何認得出來，那是他曾見過的，那——

然後他想起來了。

他穿越了黑暗、穿越了觀眾此起彼落的鼓掌聲、穿越了當下的時空的障礙，想起了，也知道在面對一個毫無意義而且無聊的身影的時候，看到他母親的臉，也知道他如何在這張極度興奮、帶著挑釁的凶惡的臉中看見祥和平靜。這些回憶回歸的時刻，他不再是雙手盤據在夜總會的餐桌上；這一切都不存在了，那只是當下的一個惡夢，而這惡夢也消失了，他也被帶回到他自己的現實裡……

……而在那裡，在他眼前，是一大片有梯層的草地，蜿蜒的私人車道旁種了楓樹。草坪和車道沿著山勢往上，在那不顯眼的山丘頂端就是他記憶所及的房子，蒼白、古老，月色下會發亮。由於當下他腦中所見，是一個晚上，月亮黯淡卻幽雅的微光籠罩著整個場景，賦予這房子一種永恆而舉世無雙的美。

他在平地上漫無目的地飄蕩，忽然確切地記起一些不重要不浮誇卻是可愛的小事。腳底下有著天鵝絨般觸感的潮濕草葉、風吹過楓樹的沙沙聲、夜行鳥發出孤獨的鳴聲。遠處，在他視力範圍以外，他可以聽見輕聲細語的溪水，無休止地流經月光照亮的石頭和蒼白的蕨類植物，向大海流去。他聽著、等著再一次的輕聲細語的到來，等著那低沉的聲音。但是沒有聲音。

等一下，他想；等一下我會聽得見。

隨著，他彷彿是模糊無形的水蒸氣一般被溫柔而堅定的夏日晚風吹送到楓樹的樹梢、吹送到以石子鋪設得像緞帶的車道上方，直到他十分接近房子；就像風一般，沿途他研究小路上的小縫隙、敲響塵封的玻璃窗，在屋簷間、轉角處沙沙作響。房子的一邊有一個棚架，爬滿了不知名的藤蔓植物，他幾乎忘了牠們長出的小白花是什麼樣的觸感。那是一種充滿生命力的觸感，彷彿是他用指頭碰觸清涼的、不屬於自體肌膚所產生的觸感。

沒有任何改變；一切如初。但是——但是欠缺了一些東西，一些不在那裡的東西，可是他無法說出那是什麼。那是無法觸摸的東西，這個欠缺！與它比較接近的是一種氛圍，那是過去曾有但現在已不復存在。

然後，他想出來了。那是如此的簡單的東西，一開始卻說不出來，這讓他感到十分訝異。

房子空蕩蕩的。當然啦，這只是一個幽靈、一個空殼；精神和肉體已經再也不在了。一棟建築精美的大宅，只有無形無聲的鬼魅出沒。

不費吹灰之力，他移動到房子的遠處，從一定的距離注視它。他現在還不想進到裡面。等一下，會的，在他習慣了回到家的感覺之後。

但是他現在又想到屋後山腳的小溪，想到那裡的長草，他想知道它們是否還是被兩個依偎在一起的人壓扁了呢、是否被拔除後變成一張充滿土味的床。這些思念成爲一種推力，現在他已飄到屋後，從山丘往下前往流水發出聲音的所在。

那聲音是眞實的，灌滿他耳朵。但是他到達小溪時，發現那裡只是一個裂縫、一個乾涸的溪谷，原來河床裡的石頭一塊一塊突出來嘲笑他，乾枯的樹枝往下伸進溪谷裡，除了空氣外，沒有騷擾到任何東西。但是湍湍的流水聲仍不絕於耳。他害怕起來。一種莫名的力量似乎在他周圍產生作用，他必須要讓這股力量滲進他身體，才能繼續呼吸。這力量推著他重拾原路，往山丘上那房子飄去。最後，他不再抵抗，不再掙扎，默默地接受這無可避免的力量，因爲他知道這股力量絕不接受任何抵抗。

他發現自己又來到房子上方。他被往下拉到房子門前時，便很清楚他必須要到哪裡去。

大門神奇地打開，他走進一條黑暗的長廊，但他不需要用眼睛。他試探地向前走了幾步，指尖碰觸到一扇微開的門。門隨之打開，他便進入那熟悉的大房間；痛苦的記憶讓他喘不過氣來。

在這裡，在這個房間，也沒有任何讓他看得見的改變；只有陰森可怕的氣氛像霧一般瀰漫著，揮之不去，這比起他所見過任何看得見的改變更糟糕。還是那深色的柔軟地毯，他曾經在上面站立，在那裡光著腳舒服地扭動他的腳趾；裝了華麗半腰板的的牆壁，是他看過最高雅、最有品味的；那精緻的象牙白鋼琴，和琴譜架上的樂譜；這一切都在那裡等著。

再過一陣子，燈會亮起。他會在自己的房間，在樓上某個沒被發現的黑暗空間裡，他會聽見沿著長廊迴盪的琴音傳到他耳裡，模模糊糊地令人感到舒暢，而他必須要稍稍的用力傾聽——不致於讓他分心，卻又令他特別專注，使那音樂更爲美妙。

然後，他又必須再次移動了。他退出那個房間，沿著長廊走，然後再沿著寬敞的樓梯往上走去。那熟悉的樓梯有著橡木扶手欄桿，被時間磨得光亮。這樓梯會引領他到哪裡？他不知道。

不對。他知道會到哪裡。他忽然間想起來了。他會在第一個樓梯間右轉。那裡會有一道小門，他會把門打開。那就是他的臥房，他睡覺的地方。房間裡靜謐的空氣中還飄著她身上淡淡的香水味。他會躺在床上聽著音樂，從樓下的鋼琴傳來的甜美樂聲。音樂開始彈奏後，無論它是多美妙，他會期待它結束，他會聽著隨之而來樓梯響起的腳步聲，聽著它停在房門外。然後房門會緩慢地、令人興奮地打開，他會閉上眼睛，深深吸一口氣，忍受著那等待帶來的痛苦與美好。

當他快要接近一樓的樓梯間，他與臥房的距離越來越近、越來愈難以忍受；他注意到詭異而頗爲嚇人的事情已經發生。他不知道自己的身份、從哪來、什麼景況會把他帶到這裡來，到這地方。他是不是從來沒有眞正離開過這熟悉的房子、他是不是那未來的惡夢——那個奇怪而難以脫身的惡夢——的唯一受害者？這有可能嗎？那一切一切，那些模糊地存在於他記憶的邊緣的、可怕的、不愉快的事件，有眞的發生過嗎？或者，那些事件是不是只是年幼時憑空想像出來的夢境？

但那懷疑的聲音漸漸變弱，最後再也聽不見了。他的大腦緊緊地密封起來，不對任何事情仔細考慮。他不會、不能讓懷疑進入，以威脅到他的現實世界，其微妙的平衡經不起思考帶來的破壞。

他不知道事情是怎樣發生的，但是他突然發現自己躺在他臥房裡的小床上。前一刻，他一直在等待那腳步聲，在黑暗中窺視著房門。現在他就在房間裡，在那記憶深刻的小床上，乾淨的床單清涼又平整，散發出芳香。他看著那平躺的身體，手臂擱在床罩上。手是兒童的手，褐色、清秀而嬌嫩，修長纖細的手指，粉色整潔的指甲，洋溢青春的光芒。

再一次，他已經不訝異了。這就是他過去的模樣，這就是他自己。其他的都是惡夢。這是眞實，不是夢。這裡是眞實的世界，這裡，安穩地座落在失落的時間裡。

月色從敞開的格子窗迂迴折射進來，夜的氣味難以描述，沿著自己的路線進來，與原來的香水味親密地融合，黑暗中數不清的聲音朝他襲來——夏夜空氣中的絮語、成千的昆蟲在草叢蠕動的沙沙作響、蟋蟀的鳴叫、池塘裡牛蛙哞哞叫。他微微發抖，更強烈地依偎在當下微妙的時刻。

他覺得他似乎一整天在陽光下，在夏日強烈的陽光下奔跑和玩耍；小溪附近，青草也被他踩壞了。現在，夜晚帶來喘息的機會，他想像青草努力地自我復原，緩慢地恢復其自豪的姿態，奮起直立迎接晨光。

總的來說，這應該是完美的一天。但現在，他覺得有點不對勁。他無法想起那是什麼，只能安穩地躺在童年時的床鋪上，等待著琴聲從黑暗的長廊傳來，同時卻模模糊糊地意識到他的滿足感正被啃食。他閉上眼睛，幾乎可以看見他母親一身白衣坐在鋼琴前，手指在老舊的象牙白鋼琴上完成小夢想，輕觸那微微走音的琴鍵。他躺著等待那琴聲，月色透過窗格子滲進來；但是，琴聲沒有傳來。

然後，就像光的長矛刺破了黑夜，他的記憶破空而來。他在床上坐直了身子，想起了爲何那是不完美的一天。他的母親不在那裡。就是這樣。他在草叢裡玩耍、他躺在那過度寬大的床，那張拔除青草後而成的床，但只有他一個人。他無法知道她缺席的理由——或許他從來都不知道。她缺席的事實讓所有理由都變得不重要。

沒有琴聲。而忽然間他知道再不會有了。也因爲這體會，他被恐懼牢牢掌握住，心臟加速跳動，其速度之快，讓他覺得他幼小的胸腔無法抵擋那連續撞擊。

然後，他聽到聲音。

取音樂而代之的是聲音，雖然那聲音來自該由音樂來的地方，他想。那聲音穿過無數的牆壁後變得暗啞，在走過空洞的走廊後被扭曲。儘管如此，他還是聽得出那聲音、認得那音調、記得那音色。那是他父親和母親。

雖然模糊，而且遙遠，但那聲音的力量及其擴張效果彷彿激怒了那令人害怕的猛獸，正放輕腳步向他走來。他微微顫抖，不情願地爬下床，打開房門並謹慎地走下黑暗的樓梯。每走一步，他的恐懼越發強烈，讓他越無法忍受。他拚命想要轉身逃走，把自己藏在那熟悉的房間，他的避難所，在那冰冷的床單和友善的黑暗之間。但他知道他無法回頭，現在，他知道他永遠無法回頭。

到了樓梯口，他停了下來。聲音非常靠近。他輕輕走向琴房。

走了這一步，這毀滅性的一步，就像發生了猛烈的爆炸，他突然瞭解了，曾經無法言喻的東西現在可以說出口，可以描述。

因爲他想起了那發出聲音的房間；在不知道那記憶從何而來的情況下，他就是想起來了，也知道當他進入房間時會發現什麼、會看見什麼。但即使是有著他原來所知道的、即使是他內心所確定的、即使知道那有多可怕，那恐懼就像磁鐵般讓金屬樂於被吸附一般，他的小腳只能踩著那厚厚的地毯，往前走向那房間。

他現在能直接辨認出所聽到的聲音。他聽得出每個字的發音、每個字的音節、語調；但是字的本身對他來說是沒有意義的，他無法了解其內涵，幾乎像是出自外國人的嘴巴一樣。

他站在房門前一時間無法動彈。母親口中憤怒且惡毒的語句，和他父親起起落落的哀求聲混合成爲巨大的吼叫聲，在他耳際迴盪。他與聲音來源之間隔著一扇封閉的門，只有一條細小的黃光從門底爬進黑暗的長廊上。

他手撫著球形門把，肌肉一陣抽搐幾乎讓他鬆手，但他鎮定下來，在那激烈的言詞之間靜悄悄地輕輕轉動門把。

房門向內開啓，黃光傾瀉而出籠罩著他，一種不祥的沉默充滿整個房間，彷彿房門被打開是預先安排好的訊號。然而，他的母親和父親都沒有注意到兒子站在門框下。他們被困在自己編織的網裡，邁向滅亡，沒有任何方法可以幫他們解開。

他第一個看見的是父親。他背靠著牆壁，蜷縮成一團，絕望地瘋狂揮動雙臂，口中發出像小動物般的抽泣聲。即使是在恐慌中啞口無言，他的臉上露出複雜的神情，幾乎是被他無補於事的恐懼所遮蓋住的，其中包含著茫然而不帶感情的震驚、深切的體認，以及超越一切的憐憫，但其對象不是他自己，而是那個反射在他眼睛裡的身影——小孩的母親。

不，那不是他母親。她們有著相同的身體，纖細而美麗，穿著他最喜歡的白色衣服；一樣的淺色頭髮盤在她充滿自信的頭上，五官也是他熟悉的，嘴唇也是常常親吻他臉的嘴唇。但是她的雙眼……單是那兩顆眼球就否定了一切相似的地方。他從未看過這樣的眼睛；它們是憤怒且翻騰，不停地顫動、發著微光的東西，與旁邊平靜的肌肉完全不協調，令人難以置信。

她站著不動，背部緊靠著牆壁，看著小孩的父親，她的丈夫。她不說話，手中拿著槍。在她的蒼白溫柔纖細的手指之間，槍枝顯得又大又黑又邪惡。

在那一刻，這對他來說都是已經是舊事，已變得熟悉，一件他之前已經看過、已經知道的事；那震驚的事件讓他的喉嚨強烈收縮，無法說出話來——這也是同樣的舊事、同樣的熟悉，產生同樣的無力感，就像那個讓他永遠脫離不了的夢。

一切似乎以不可能的緩慢速度發生。他看見他母親的手指捏緊，看見槍枝強烈震動，總共兩次，火焰與硝煙從槍膛迅速噴出，隨之聽見兩聲短促而低沉的槍響，彷彿有人用兩塊木板相互連續快速拍打了兩下。他看見父親的身體失去控制，一陣一陣地抽搐，聽見他急喘著氣，然後開始不自主地發出呻吟聲，好像有兩隻巨手一下壓著他的肺，一下又放手，讓空氣猛灌進去。

小男孩難以置信地目光轉向他母親。她臉上的平靜已遭到破壞而消失，取而代之的是因丈夫的徹底崩潰而感到的深深的狂喜，忘情在強烈的憤怒中。他的雙眼無法離開那張已變得奇怪而陌生的臉。它在自己眼前膨脹，貪得無厭地威脅著要用盡全力把他吞噬。

這張怪異荒誕的臉只維持了片刻便消失了，原來被扭曲的的地方又恢復平整。雖然憤怒仍然在她的眼中翻騰著，有種嶄新的、絕望卻又理智的，曾經在他父親的臉上出現過的勇氣慢慢顯露出來，那是一種非常堅強的決心，是她的憤怒無法掩蓋的。

她放鬆了雙唇，蓋住先前袒露的牙齒，那完美的嘴巴微張，同時慢慢地提起手槍，把仍在冒煙的槍管放進嘴裡。

他聽見一聲暗啞的槍響，看見她的頭部往後急仰。那纖細的身軀倒在地上，蒼白、瘦小而從容地躺著不動。這時，感覺回到他身上。但在此之前，他麻木的意識知道他父親跌跌撞撞走近，喘著氣講電話。然後，他大聲尖叫起來。

父親的聲音模模糊糊地傳到他耳中，那是他首次發現兒子在房中時極度痛苦地發出既驚訝又低沉的叫聲。但他什麼也不顧了，也管不了那麼多，他一直在尖叫，雙拳用力往眼窩裡攢，彷彿可以把那張極度憤怒的臉從他的記憶中攆走，但那張臉已不可避免地成爲他不可磨滅的記憶。然後他聽見遠遠傳來父親充滿痛苦的喘息聲，對他說話，對他乞求。他肩膀上感覺到父親的手用力撫摸著他，使他平靜下來，也感到他的手部的動作企圖想要安撫他。他睜開眼睛，看見父親跪在他的面前，臉部痛苦得皺起來，一隻手壓著受傷的胸膛。小男孩看著父親放在自己肩膀上的手，那隻他曾經認識的手。但當他看見那隻手的時候，更強烈的恐懼回到他身上，因爲那隻手仍滲著血，而那溫熱的血液滲進他的衣服。他再次尖叫，在莫名的恐懼中一巴掌打向父親的側臉，並掙脫父親染血的手，像無意識地拚命地跑，直到眼前海一般的血被那慈悲的黑暗所遮蔽、直到他完全被黑暗吞噬、直到他不再存在、不再感知。

有人在拉他的衣袖。他聽到在叫他名字的聲音，一次又一次地，也跟他說話。

「怎麼了？」

他坐了下來。

「你怎麼回事了？」

克萊兒的臉模模糊糊地出現在他的眼前。當他回應時，他的聲音在他自己的耳中是遙遠、奇怪而空洞的。

「怎麼回事？」他說，「沒什麼啊。沒事。我只是想起一些事。」

他的雙眼漸漸聚焦；他鬆了一口氣，環顧四周，再確認一下周遭環境。克萊兒的臉在他的凝視下輪廓分明。她仍是帶著神祕的欣喜微笑著，眼影仍是厚厚的。一團藍色的香菸煙霧盤旋在她的頭上，似是一個花冠。

他得到片刻的解脫，也因爲能回到廉價俗麗卻又熟悉的夜總會而心生感激。然而那裡餐盤杯具的叮噹作響混著人們的吵吵嚷嚷開始讓他感到煩躁難受，使他剛剛感受到的解脫漸漸消散，一股強烈的厭惡感在全身上下竄動。

「你喜歡她嗎？」
他茫然看著克萊兒。
「妳說誰？」
她笑起來，「誰？沃麗塔啊；還有誰？」
「喔，喔，有啊，很喜歡。」
「你那樣看著她！表演完了還不願坐下。看來你像著了魔一樣。」
「著魔，」他不假思索地重複說，「是的。」
一瞬間，剛才的幻境又出現眼前，威嚇著他。
他搖搖頭，伸手到桌底下抓住克萊兒的手，緊緊握著，彷彿那是他想要的眞實。
「天啊，」他低聲地咕噥著，「天啊。」
「怎麼了？」她憂心地問，「你不舒服嗎？」
有一團黏呼呼的幾乎可以觸摸得到的雲霧瀰漫著，那是路易薩夜總會的整體氛圍；而那團雲霧似乎要在他頭上沉降並凝結，進入他的毛孔，讓身體浸潤在令人厭惡的陰冷潮濕中，難以呼吸。他懷疑他剛才怎麼會想像這是一個快樂的地方。「是的，」他說，「一點點而已，不過我會沒事的。」她伸手觸摸他的臉頰，然後往下輕輕放在他的肩膀上。她用指甲緊抓著他的外套，像淘氣的貓一樣。

「你要離開這裡嗎？」他心懷感激地看著她。「好啊，」他說，「很好，我們走吧。」他感到自己必須離開，就在此刻。他覺得如果被逼著留在這吵鬧的地方再久一點，他會窒息。他幾乎不等她回應，當下就向服務生示意要離開。

她慵懶地向他微笑，手指在他的外套上抓得更深。

「你想要去哪？」她輕聲地問。

他已經要想好要說的話、已經在腦海裡小心演練過的話、那些針對這預期中的問題所想要的迷人的話，已經消失了，說不出口。

他吞了一口口水，「都可以，」他含糊地說，沒有看著她，「離開這裡就好。」

她的微笑愈加強烈，身體靠得更近。她抬頭看著他的雙眼說話時，鼻子以下的臉部感覺到被溫暖的呼吸氣息輕撫著。

「要不要到我那裡？」她問。

即使是在這發臭且令人不快的地方，他也能感覺到她的話帶來一股涼爽甜蜜的微風。他當下屏息靜氣。這是他等待已久的時刻，是他預期會到來的時刻，是他極度期望得到的時刻；儘管這時刻終於到來，儘管他如此接近擁有這時刻，他再一次感到痛苦，隱隱地明白到他又被欺騙了。他企圖笑得開心。

「好啊，」他說，他乾燥的粉色雙唇用沙啞地低聲說，「好啊。」

她緩緩地、狐媚地站起來，滿滿睡意的雙眼從不離開他的臉。他從口袋隨便掏出一堆鈔票，瞄了一眼，便放在桌面上。他轉過頭來。她轉身離開，他便跟隨著這身穿紅色晚禮服的纖細身影離開，進入黑夜。

計程車彷彿是從黑暗的槍管激發的子彈一般在街上狂奔。坐在後座的亞瑟從容地靠在克萊兒的肩膀上。車窗搖下，風湧進來，把他一頭直髮吹亂，在頭頂上拚命地隨風擺動。他半開的雙眼注視著兩邊車窗外時而黑暗，時而像萬花筒般五光十色的燈光在他身旁憤怒地掠過。

夜總會裡沃麗塔的表演結束後在他心中引發的恐怖時刻，使得他的幾分醉意被嚇得幾乎煙消雲散。現在，夜色中清涼卻猛烈刺鼻的空氣旋風般吹向他，淨化了他的肺部；剛才那使人睏倦無力的空氣被取代後，熟悉的疏離感又回到他身上。

在這輛在街上飛奔的計程車上，坐在這位雖然美麗卻陌生的人身旁，有這麼一段時間他對自己產生疑惑。他對自己、他的周遭、他所觸摸的東西都感到厭惡，連他自己也覺得頭皮發麻。他心中有一道微弱的聲音，堅持認爲他知道的、感知的、看見的任何事，不曾眞實地存在過、一切只是惡夢一場、一切並非眞實。

然後，這疑惑散去，卻來了一種難以言喻且毫無意義的悲情。他完成了一段長跑，而現在他又多跑了一天，而且完成了，他所剩下的是經過強烈的付出後，慢慢退去的痛苦。他的頭部隨著他的脈搏規律地抽痛；他的前額溼冷，隨著強烈顫抖而來是呼吸急促。在他身旁，克萊兒隔絕在她個人的思緒和個人期待裡，對亞瑟的情況一無所知。她隨著平靜和滿足的緩慢節奏，同樣深深地呼吸著。她閉上雙眼，雙唇輕鬆自在地微笑，而這微笑對他來說，與黑夜有著相同的久遠歷史。

他看著她，再一次困擾他的，是他意識到人與人之間很明顯地在本質上是互不相干的。這裡的兩個人，親密到身體互相碰觸、意識到另一個人的存在、各自私下渴望著身邊的人、各自努力要戳破彼此的殼以找尋那內在的眞實、各自企圖要用最簡單的方法讓對方進入自己的殼裡——但各自在每一個作爲都一敗塗地。

這是一個奇怪的戰爭，在其中，一個人即使要爲自己帶來失敗都沒有辦法。

因此，部分來自他對自己的憐憫，部分來自他對她的憐憫，他從疲軟的姿勢坐直了身子，伸出一隻手臂勾著她的肩膀，笨拙卻溫柔地把她抱進臂彎裡。在一聲表達感激的輕微嘆聲裡，她把頭擱在他脖子與肩膀形成的銳角裡，溫暖而潮濕的口氣優雅美妙地噴在他的皮膚上。他注意到她來自頭髮的宜人香氣、晚禮服的清涼觸感，及那材質底下暗示著的溫暖和緊緻的軀體。他再次感受到那一種微微帶刺的樂趣。他毅然地決定要把握住這微弱的刺痛感，培育它，使它免於受到貪婪的遐想所吞噬。

城市的燈光越來越疏落，當下的街道也比較黑暗；而由於比較黑暗，它就更像一條無止盡的隧道。他看不見外面任何東西來確定道路有多寬；黑暗從計程車的車窗開始，往外無盡延伸。黑夜是一個固體，他們在挖掘一條通道，不顧一切。

剛才擁擠的交通現在變得疏落，司機的速度也加快，轉彎時仍是橫衝直撞的。那強大的力道使他們失去平衡，二人身體半傾斜著壓向裝了軟墊的車門上。克萊兒沒有主動坐正，所以亞瑟維持著被擠壓的狀態，承受著她的體重。說也奇怪，他並沒有抗拒，保持從容而超脫。

計程車漸漸減緩車速，到車子停了下來後他還沒注意到。司機回頭面對他們，咧著嘴巴，卻是在苦笑。

「好了——到了。」

他承受著她的體重坐直了身子。下車後他們搖搖晃晃地站在人行道上一陣子。他付了車資，猛然發覺那是他身上最後的一張鈔票。他站著看那計程車奔馳而去，隨之消失。他轉身向著克萊兒。

她挽著他的手臂，緊緊靠向她的身體。

「到了，」她輕聲地說。

司機也說了相同的話；然而，來自不同的雙唇，意義提升並加強了，有所改變，而且更爲重要。他點頭。

他現在已經沒有醉意。那已經散去了，取而代之的是一種新的醉意，不像是因酒精而起的，卻讓他的感知能力越發強烈。在這一刻，他覺得身體每一個部分——每一塊肌肉、每一個細胞、每一滴血、每一條神經——都活躍起來，強烈地感知一切。

他們轉身緩緩地走向那平淡無奇的磚造公寓大廈，那是她的公寓所在。這區域位於這城市裡他不熟悉的部分，房子大同小異，就像這裡的每一條生命——廉價、稍微髒亂、被遺忘。他很驚訝克萊兒會住在這裡；她住的環境和她的一身穿著是一大反諷。

他們走上混凝土的階梯，共十四級。在門前，克萊兒把嘴唇湊到他的耳邊說：「要很小聲，」她輕聲說，「跟著我，我住在二樓。」

他把她的手臂塞進他的臂彎裡並點頭，爲這心照不宣的沉默感到開心。她小心翼翼地把門打開，二人走了進去。走廊遙遠的幽深處只有一個微弱的燈泡點亮，他們身處的門廳，灰影幢幢帶有強烈神祕感。他看見左手邊是一道樓梯，沒有燈光點亮，往上看是一團黑暗。克萊兒握著他的手引路，他盲目地跟在她後面。

再一次，他感到一種熟悉的滿足感，那總是在他摸黑走樓梯時才有的。在他爬樓梯時，他想到自己的公寓，和那裡的樓梯。他覺得似乎很久沒回到那裡了。

在二樓的樓梯口有微弱的燈光照亮了走廊。他們幾乎像貓一樣，小心翼翼走在薄地毯上。到了一處燈光沒有到達的黑暗處他們停了下來站著。克萊兒在黑暗中摸索她的鑰匙，打開門，然後溜了進去。他尾隨著進去一間讓眼睛也感到壓力的黑暗房間，那黑暗濃重到可以用手摸得到。他用手撫著牆壁，找尋電燈開關，他覺得一定會在那裡。

但是克萊兒聽到他的動作後，立即捉住他的手。

「不要開燈。」

他聽到她的聲音便感激地點頭，不讓自己開口。他不是眞的想要燈光；剛才做的只是一個姿態，一種妥協。在這液體般的黑暗中安全太多、溫暖太多、親密太多了。

在跟亞瑟說話時，她同時放開了他的手；現在他沒有碰觸她，但是他感到、也知道她站在他的前面，非常接近，其距離彷佛只有黑暗的一小部分，微細得難以確切描述。他小心聽著，聽得見她細微的吸氣和呼氣的聲音。

他探索性地把雙手伸向她，碰觸到她袒露的肩膀。忽然間隨著一聲喘息聲，她進入了他雙臂的環抱中，她溫暖而悸動的嘴唇接觸到他臉頰和耳際略爲粗糙的皮膚。

她顫抖著輕聲說，「等一等，站在這裡。」

隨著她就消失了，進入黑暗中的某處，離開了他，離開他的碰觸。他站在那裡，身體發抖，處於不確定的狀態，剎那間感到迷失、感到無所依靠、感到孤獨。他試著往前走，但是他記得她的吩咐。

他可以聽得見她在房中移動時發出的聲音，聽得見她身上衣服輕柔而神祕的摩擦聲。然後，什麼都聽不到了。很長一段時間只有無法穿透的寧靜，他等著，感到緊張、陷入熱切的期待，幾乎恐慌。

然後——他後來一直無法斷定那是夢還是現實，但是月亮忽然間在一朵雲掠過後出現，它的光從窗戶照進房間裡，神奇地刺破了那渾厚而濃稠的黑暗。他看見她，直立著，整個人被包覆在那蒼白而明亮的月光下。她的衣服可憐地躺在她的腳下，月光從她的頭和肩膀往下流瀉，形成明暗交錯的合奏。她仰著頭，波浪般的頭髮融入了黑暗中，看不見。她緊閉雙眼，臉上帶著某種不帶自覺的表情，像等待著欣喜的到來。月光在她細緻的肩膀、手臂和胸部像鍍了金一般。她是一座活雕像，是一首靜止的詩，詠唱著光與肉體、陰影裡的胸部和象牙白的腿。

這景象只維持一瞬間；另一朵雲把月亮遮蔽住，他再也看不見了。

他不知道自己有移動過，但不知怎地，他站到了房間的中央，手臂環抱著她，而她的身體用力壓向他，在他耳際吹出的氣息既急促也不規則。在黑暗中他看不見，只憑感覺，她的身體在他的懷抱中顫抖，像一把精良的鋼刀。他的雙臂是能夠開合自如的老虎鉗鉗頭，用盡所有力氣把她拉進他的懷中，而他的手像是鉗頭上堅硬的最末端，卻出奇地柔軟且放鬆，像夏日風中飄蕩的嫩葉，溫柔地在她肩膀上、手臂上，以及顯出肋骨的背上游移。

他一陣一陣的強烈喘息聲聽來像是哭泣，而爲了迎合那哭泣聲，克莱兒的呼吸也發出尖銳的呻吟聲。她的頭擱在亞瑟肩膀和脖子之間的空間裡緩緩地磨蹭，彷彿忍受著劇烈的痛楚。她的雙臂垂在他身體兩側，在亞瑟的撫摸與搓揉下觸電般顫抖著。

然後，他不由自主地鬆開他老虎鉗般的雙臂，雙手緊捏住她的手臂，指甲也陷進她的肉裡，然後把她推開。他現在幾乎看不見她的臉，因爲她的頭後仰，身體完全沉浸在激情中，任其操控。她雙眼緊閉，往內心看去，雙唇因爲極度興奮而微微張開，在殷切期盼中地展露無意識的微笑。他看得見她的齒尖在紅唇下發出亮光，聽得見雙唇發出了呻吟聲，以及模糊的話語。

「亞瑟，」她說，「亞瑟……亞瑟……」

當這些字被說出口，從她期待的雙唇發出的那一刻，他一切長久以來積存的力量，二十四年了，可說那是他的一生，往上衝，尖叫著，在他的意識的門外攻擊、撕扯，原本他的眞空狀態只維持極爲短暫片刻。他體內有一條氾濫的河，是他一切被壓抑的愛、恨與憐憫，他的恐懼與擔心、滿足、煩悶、熱切、無聊、激情，一切一切——這巨浪強大到他無法攔阻。

在那堤壩將要被摧毀的無助時刻，在部分的他知道、也承認那崩潰是無法避免，他感到一股平靜而涵括一切的悔恨，涵括不只他自己和他緊抱懷中的女人，而是他所經歷的一切。

然後當那氾濫的河流做最後一次的、可惡的衝擊，他的憐憫與悔恨已經多到他應接不暇而被吞沒；他知道他最後崩潰了、他知道自己現在並且永遠地迷失；那黑色巨浪衝出他的體外，往上翻騰，他身體上不屬於他自己的、無法對任何事情負責的部分，看見克萊兒的臉仍然孤獨地純潔地在月光的光暈底下，雙唇仍是低聲說著因愉悅而來的模糊字詞。

另一個哭泣似的叫聲衝出他的喉嚨，一點不剩，他舉起手臂盲目地出擊，野蠻地朝向她的臉，擊中嘴巴附近，感到他的手背陷進她那被驚嚇的肌膚。她還來不及叫出聲來，他已再次揮拳，一次又一次地，直到彷彿空氣中僅有他的手臂在揮動。

他聽到尖銳卻微弱的哀嚎，似是來自遠方，他知道在黑暗的房間裡的某處，她在尖叫。

她無意識地，單調地尖叫；而他呆呆地站在房中央，兩隻手臂無力地垂在兩側，手指一陣一陣地顫抖著。他正上方的房間，他想，有人突然動起來。先有撞擊聲，再來就是低沉而激烈的字詞，是一句髒話。他聽到奔跑的腳步聲。

他還是不動。

幾乎是片刻之間，克萊兒的房門便被猛烈地推開。他聽到門把轉動聲、感覺到房間裡的寧靜已產生變化、聽見那個人的沉重呼吸聲、聽到手抓牆壁要找電燈開關。

咔的一聲輕輕響起，房間便充滿黃色的光，他身後有人發出驚訝的嘆息聲，他還是沒有動。

在忽然點亮的燈光下克萊兒蜷縮在地上，雙眼滿是恐懼與震驚，嘴角染有一抹幾近透明的血跡，如果她的嘴唇不是被攻擊後開始腫脹起來，有可能會被誤會是被唇膏抹過而留下的痕跡。她一隻前臂支撐著她半躺著的身體，另一隻拿著衣服護在胸前，這動作與其說是爲了避免裸露的身體被陌生人看見，不如說是靠著微弱且來自本能的防禦，保護自己免於被無力抗衡的莫名力量攻擊。她的嘴唇無聲地顫抖，彷彿在發出沉默的尖叫。他感覺到一隻手在他的肩膀上，用力握住；那隻手像機器一般，十分有力。他感到骨頭被捏碎、肌肉被撕裂，正在流血，但他沒感到痛。

他還無能看身後的男人，他的雙眼注視著克萊兒象牙白的身體，彷彿那身體永久地被綁在地板上。

那男人的聲音粗糙有力，驚訝漸漸退去，但越來越憤怒。

「怎麼了，赫斯克小姐？他媽的，他幹了什麼好事？」

她沒有回應。身處於震驚的私人世界裡，她慢慢移動，像蛇一樣順服地在地上移動。

那男人的手更加用力，憤怒地搖動他的肩膀，像在提出要求，彷彿這動作會讓克萊兒有所回應。

「這個人傷害你嗎？他媽的發生什麼事？」

她精神恍惚狀態一直像盔甲一樣保護著她，這些字句卻不知怎地把那盔甲戳破了，她抬高頭，用混濁黯淡的雙眼看了二人。

「沒有，」她含糊地說，「我沒事，把他帶走就好，你們趕快離開。」她的聲音不帶憤怒——只有一種不明所以的疲累。

那人把亞瑟的身體轉過來，二人面對面。亞瑟冷淡地看著他那蒼白而粗糙的皮膚，了無生氣，臉皮上蓄著濃密的鬍渣一根根有著規則的間距，短小、堅硬而黝黑，與慘白的膚色形成了對比。那男人的眼睛偌大而透明，呈綠褐色，濕潤，卻略爲斜眼，炙熱的眼神穿透亞瑟的雙眼。

「等一下，」亞瑟說，聲音低沉沙啞，「等一下，我要……」

那男人微笑，溫柔地，友善地。

「不，好傢伙，你要出去，跟我一起。」

「我知道，」他困頓地說，「只要一下子。」

在那人緊抓之下，他半轉身，看著仍是癱軟在地上的克萊兒。他們四目交投，但她眼中對他沒有一絲印象。什麼都沒有。她茫然地看著他，目光穿越他投向他身後的一切，但意識中沒有他。

在這停頓的時刻，有一股力量湧入，他漸漸萎靡，想要塡補他們之間那個無邊的深淵，他希望她知道他一生的祕密，他忽然間希望她內心完完全全擁有他的祕密，擁有他內心的一切，以及一部分的他。只有這樣，她才會開始了解，明白爲什麼。

所以他們在那窄小的空間中互相對望，看很久，很專注地看。但是二人視線之間沒有一絲了解或交集。他轉身面對那男人，肩膀還是被他的手緊緊捏住。

「好吧，」他說，「走吧。」

那蒼白的微笑更爲強烈。那男人沒有講話，推著亞瑟走出房門，進入那黑暗的走廊。

他們走到樓梯，並開始往下走。他知道會發生什麼事。在克萊兒的房門被猛烈地推開，在那個壯男闖進來並緊緊捏住他的肩膀的一瞬間，本能地他便知道會發生什麼事。

但當他們走進那黑暗的樓梯間，基於本能的理解慢慢成形，變得眞實，已經逼近，而他對那即將來臨的磨難產生了恐懼。他的恐懼不是來自他多介意即將遭受的痛苦。痛苦只是整個過程的一部分，那是當然的，但那畢竟是小事。他的恐懼可能是源自他極度討厭那種對他毫無用處，毫無結果的羞辱。想到將要到來的事，如果不是那鐵一般的手捏住他的肩膀，他便會畏縮而逃跑。

他們有節奏地快步下樓，二人的身體和雙腳同時移動。在狹長的走廊上，在那令人心感不安的寧靜中他們的腳步聲是既響亮又殘暴。但不知怎地，他覺得他們應該不要產生聲音。他們明確的行動如此堅定，如此毫不隱瞞地發出的聲音與當下有種難以名狀的不協調，或甚至是一種褻瀆，但他無法爲這個想法找到理由。他覺得他們要踮著腳走，溫柔地，默默地對一項正要進行的古老儀式表達敬意。

黑暗拋出它常用的魔法的網卻沒有接住他、緊抱他。沒有一絲平靜降臨在他身上。相反地，他的注意力提高了，他的洞察力也大大增強。控制他身體的那個人的便鞋上鬆脫的鞋帶發出皮鞭揮動的聲音，彷彿打在不知悔改的奴隸身上。鞋底的嘰咋聲是奴隸們的喊叫聲，充滿痛苦的控訴。男人沉重的氣息急切而溫熱，噴在他的脖子上，像颯颯作響的強風呼嘯著掠過荒地上慘澹的白色巨石，令人喪膽：這彷彿是暴風雨前的不祥預兆。

他們走到樓梯口，朝向公寓大門，再往外走。街角街燈的燈光模模糊糊的彷彿沾了污漬，與純潔的月色成了對比，試探著伸出手指撫摸街道的盡頭，一明一暗之間顯出身旁那男人半張蒼白肥胖的臉。他的雙眼迅速地掃視了街道，轉身正面對著亞瑟，豐厚的嘴唇帶著微笑，呼吸仍然沉重。他的聲音保持溫和，幾近親切，但又帶著幾分猥褻的堅持。

「你不該這樣做的，小夥子，來到女士的房間，把她打成這樣，這不太好，你知道嗎？」

他沒有動。

男人的聲音變得更溫柔，更有說服力，「你知道即將要發生什麼事了，是嗎？」

他鼓起勇氣點頭。

男人舔了一下嘴唇，輕聲地、幾近充滿愛意地說，「拿下眼鏡吧，小夥子。」

他想要抬高手，拚命地想要，但他的手沉重得只能垂在兩側，無法動彈。他淡淡地搖了搖頭，企圖要向那男人表示這個要求是多麼不合理。

忽然間那蒼白的臉開始扭曲，變得邪惡到難以言喻。他的嘴唇在動，但沒發出聲音，幾滴口水從嘴角流下。

他看到巨大的拳頭捏緊，就像原肉製作的火腿般，看到手腕以上的肌肉膨脹，直到整根手臂就像是被技巧拙劣的雕刻師倉卒刻出來的一支大理石柱子。一切似乎緩慢地展開。首先是他的肩膀微微拱起，然後往後拉伸，這連續動作讓拳頭舉起，被手臂牽引著跟身體同時往後靠。然後他再改變姿勢，用腳尖支撐著身體往前傾，那拳頭就從容地朝著亞瑟逼近，漸漸變大。

他的臉部彷彿被炸開一般。他感到那肌肉和骨頭無痛的打擊。他後退了幾步，腳跟碰到人行道，整個人便順勢跌倒在地上，滾了一圈後便躺著不動。後來他用手肘撐著身體，用另一隻手搓揉已經變得麻木並略帶鹹味的嘴巴，被打歪了的眼鏡仍掛在鼻子上，角度變得怪異。他把眼鏡位置調整好，企圖爬起來。

那人猛然向前晃了一下，再度出拳。這使亞瑟的頭整個後仰，隨之甩向側邊。他感到血液從他的嘴噴濺到下巴。他沒站穩腳步，跌在地上，滾動身子，企圖要爬起來。他的手一滑，便滑出了人行道，沾到水溝的髒水。他爬起來跪在地上，並維持這個姿勢一陣子。想要用褲管擦掉手上的髒污，但是擦不掉。最後他站了起來，赫然聳現在他面前的那張偌大的臉，對比暗淡的黃色街燈，只是蒼白的模糊一片。他舉起乾淨的那隻手湊向自己的眼睛，發現眼鏡已經不見。他走向那個人，舉起雙手揮動著，受傷的嘴巴說出一些含糊的話，想要讓他知道他看不見。

他聽見一聲狂笑，忽然再度遭到一記無情的重擊，此時頭部彷彿已經軟化，沒有骨頭的支撐。他整個人打了一個後空翻，直到摔在堅硬人行道之前，身體已經毫無感覺，也完全沒有意識。他想再爬起來，但是他的手以及手臂已變得軟弱無力了，只能一動也不動地躺在堅硬的混凝土上。

稍後，他恢復了一點力氣後，便痛苦地坐了起來，四處張望，那個身材魁梧的人已經不見了。

他好奇地舉起手觸摸臉上血肉模糊的傷口，然後用手和膝蓋撐起身體，在人行道上摸索了片刻，要找尋他的眼鏡。可是沒有找到。

他最後站了起來，感到暈眩了好一會，然後才讓身體找到平衡。他一拐一拐地沿著窄長的街道，走向黑暗匯聚的地方、那裡沒有燈、那裡黑夜向他碾壓、那裡沒有任何東西在等待他、那裡，最後，是他獨自一個人。

在黑夜中探索前進的譯者

——譯者後記

《只有黑夜》描繪二十四歲的男主角家境富裕，在波斯頓唸大學，半途輟學而到了紐約，靠著父親的金錢接濟，過著無業的生活，酗酒，自覺一事無成而感到愧疚，但是又無法振作。原來主角童年時目睹父母的衝突，母親槍擊父親後，吞槍自殺，名符其實地往嘴巴裡開槍，可想而知整個血腥場景讓童年時的主角受到極大的創傷，心靈的創口無法復原，可怕的記憶透過夢境或幻覺日夜困擾他，心裡問題之外，也產生生理上的病徵……

這小說出版於一九四八年，作者約翰·威廉斯才二十六歲，是他第一本的創作小說。作者在一九六〇到一九七〇代分別以《史托納》、《屠夫渡口》和《奧古斯都》三本小說受到文壇的肯定，其中一九七二年完成的《奧古斯都》，次年獲得美國國家圖書獎的小說獎，是他四本作品中唯一一本在他有生之年獲得公開的讚揚。當年的圖書獎競爭非常激烈，最後《奧古斯都》與約翰・巴特的《吐火女怪凱美拉》同時被提名而平分大獎，是文壇少見的盛事。但是約翰・威廉斯在他成名後，便沒有把《只有黑夜》包括在他總體的文學成就裡，而且並未對這樣的決定提出任何說法。事實上，自一九七三年《奧古斯都》獲得最高的肯定後，直到他一九九四年去世爲止，約翰・威廉斯並未有新作問世，只安於丹佛大學的教職，從事文學（包括文學創作）教育。而三本頗負盛名的小說也漸漸被遺忘，到了二〇〇〇年代《史托納》被重新發現被翻成法文後，約翰・威廉斯才躍升爲國際知名的作家，被遺忘的作品也紛紛再度出版、翻譯。但是，由於作者很長一段時間脫離文壇而專注於文學教育，有關他的研究也產生了「空窗期」，可供參考的資料甚少，更遑論他對自己的《只有黑夜》有相關的討論。所以《只有黑夜》在約翰・威廉斯心目中的評價，還是一個謎。

一位成名的藝術家對自己早期的作品不滿意，認爲是不成熟的作品，以至於不承認爲自己所出，並不稀奇，但也有藝術家樂於把年輕時期作品與成熟的作品並陳，以彰顯其藝術成就的發展軌跡，也有收藏家樂於收藏藝術家年輕時期的作品，待價而沽，可見此類作品仍有其價值。

但是《只有黑夜》鹹魚翻身後，不僅沒有被評論者肯定其價值，更提出了不少「負評」，似乎落實了作者的態度。檢視了一下網路上的書評，可發現有幾個面向值得注意。第一，劇情發展不合邏輯，從故事開始漸漸交代主角的身世及其同年的創傷，無法解釋他，最後毆打在夜總會邂逅的女士，（莫名其妙萌生憤怒）。第二，部分情節像是對同志朋友的歧視，與整體劇情關聯不大，「恐同」的情緒也莫名其妙。（其實以上第一點小說裡有清楚交代，也間接解釋第二點他不接受同志的性取向，卻又與同志朋友結交）。第三，過度玩弄語言，堆砌陳腔濫調的「存在主義」思想和詞彙。第四，情節發展過度緩慢，讓讀者產生疲累感。

有一位評論者提出了一個十分有趣的觀點來爲他的評論作結。他認爲《只有黑夜》讓約翰·威廉斯重新被發現的熱情敲響喪鐘。這種說法隱藏的態度是，很多評論者都是以「成名後」的約翰．威廉斯作為評價《只有黑夜》的基礎，沒有把這本完成於一九四八年前幾年的二次大戰期間二十二歲作者在緬甸從軍時寫下的作品作爲獨立的個體來看待，所謂「存在主義」，所謂靈感取自喬伊斯的《尤利西斯》（整本小說描述一天裡發生的事情）等「弊端」，不就是那個年代的思潮？不就是與喬伊斯式的現代主義相去不遠嗎？甚至連曾經評論三本成名小說的批評家津津樂道的語言使用，也成爲讓人「反感」的證據！如果說《只有黑夜》是探索一個童年時目睹母親自殺而影響人格發展的主角，爲什麼評論者會用「理性」的角度來評論那些「無意識」的行徑？

不得不承認的是，《只有黑夜》作爲一本小說，其篇幅或許稍微單薄，一百一十七頁的小說翻成中文還不到十萬字，因此相對來說他精於描寫細節的技術在一本規模偏小的作品中便被認爲是不合乎比例原則，不過文字精練、擅長細節描寫不也是約翰．威廉斯被重視的一環嗎？我們怎知道一個精神病患者（如果男主角是的話）不是這樣的拐彎抹角的思維模式？不會因一點點小事（像太陽蛋上噴了塔巴斯科辣醬）便勾起恐怖的回憶，並大發雷霆？

小說的題詞用了阿爾弗雷德・愛德華・郝斯曼（A. E. Housman）的一首詩，不僅爲小說的名稱破題，更無疑地定調了整個小說的氛圍，讓讀者立即進入一個高壓的氣氛，開始預期著「更糟糕」的事會發生。小說裡的人物不多，而章節的編排是以人物出場與主角互動內容爲原則：公寓大廈的女傭、早餐店的女服務生、他的同志朋友史塔佛・朗格、他父親赫里斯・麥斯里、夜總會邂逅的克萊兒・赫斯克、夜總會舞者沃麗塔。每一個角色的出現，串連起是主角的內心獨白，都讓讀者一層一層地進入主角的內心世界、像拼圖一樣勾勒出一幅心靈的畫像。

小說第一章是一個夢境，是在所有人物（包括主角）出場前的一個獨立章節，但是有經驗的讀者會毫無疑問的把做夢者視爲主角。他是一個沒有社交能力的人，在一個「長輩」參與的舞會的場景中，自己像「遊魂野鬼」般到處飄蕩，從無意識的狀態進入有意識狀態中，在賓客中看到「他」之後，漸漸發現原來「他」就是自己，被舞會中的「長輩」指責謾罵。這樣一個謎樣的人在第二章開始到小說結尾，被作者一筆一筆地描繪而變得豐富起來。儘管小說只交代主角一天的經歷，但作者能掌握每一個場景，展現作者說故事的能力。而接近尾聲時主角母親在他的幻覺中首次出現，與父親對峙，槍傷父親後自殺，我們大概了解了這家庭的悲劇，父親在外拈花惹草，對婚姻不忠（主角跟父親晚餐時父親的情婦出現，破壞了父子和好的機會）、同志朋友向他借錢花用在無鳌頭的事情上，暗示他父親因罪惡感而無限量供應生活費以作補償、克萊兒凸顯母親的可能形象，帶出主角對母親的情感寄託、沃麗塔狂野的舞姿及激烈的情緒複製了母親自殺前的恐怖表情……。

「黑夜」是這個小說的主要象徵，但是讀者很容易錯過更重要的層面。第一層意義就如郝斯曼在題詞裡所說：

喔不要怕，老兄，沒什麼好畏懼的，
不要左看右看了：
所有你踏上的無盡長路
只有黑夜。

有經驗的讀者絕對不會錯過「路如人生」這隱喻。象徵著經過了這一天，主角亞瑟・麥斯里也逃不過明天的遭遇，一樣的悲劇、一樣的黑暗，一旦在他童年時期發生、降臨，便永遠逃不過，一直重複。丹尼爾・孟德爾索爲《奧古斯都》寫的序言中，認爲約翰・威廉斯三部小說《史托納》、《屠夫渡口》和《奧古斯都》皆達致一個不可避免卻又頗有見地的結論，那是「個人的力量」和「命運的偶然」的摩擦，往往是一種侵蝕：其過程可以令我們自覺的形象變得模糊，成爲一個陌生人。就這點來說，我認爲《只有黑夜》是約翰・威廉斯未來三本小說要繼承的主題。亞瑟・麥斯里、史托納、安德魯、奧古斯都、茱莉亞這些角色其實都是在「個人的力量」和「命運的偶然」的摩擦中被侵蝕，各自在社會上不同的角落裡因不同的偶發事件而走上不歸路，一條黑暗的不歸路，而在路上他們都失去了不同的東西，都被「侵蝕」，而成爲他們自己無法預期的人，陌生人。

史托納在他人生走到終點時，了解到無論他曾經擁有的理想爲何，都屈服於機緣與不可抗逆的現實，讓他成爲一個有別於他理想中的人：「他夢想過某種正直，某種無瑕的純潔；但是他遇上的是妥協，是淪陷在瑣事的樂趣中。他曾經相信智慧，但多年下來，他找到無知。還有呢？他想。還有呢？」在安德魯剛要出發捕獵水牛之前，他對一個心地善良的妓女爲之傾慕卻不能與她發生關係——他是以另一種方式失去純眞，在捕獵水牛過程及其後。善良的妓女提醒這位細皮嫩肉而且英俊瀟灑的年輕人這趟行程會讓他的臉變硬，他的手也不再溫柔。這個預言名符其實發生在他獵牛之旅的高潮：「在黑暗中安德魯用手拂拭臉部，他覺得觸感粗糙而奇怪；那出現在臉上……他很好奇他現在的長相如何，也好奇如果法蘭辛現在看到他，會不會認得他。」同樣的，奧古斯都擁有很多名字，最後一個與他出生時的名字沒有任何相同的地方，這生動地反映出強烈吸引著作者的，是一連串無法預期的發展，以及無法逆轉的「侵蝕」。在瀕臨死亡的奧古斯都最後寫給尼科拉烏斯的信中，他沮喪地感到「生命最後淪落到只注意這種雞毛蒜皮的事了。」亞瑟．麥斯里在小說結尾被克萊兒的鄰居狠狠地教訓了一頓後，循著黑暗的歸家路，將要回到自己的公寓。但然後呢？他的無意識導致他闖的禍，有讓他更認識自己？還是更讓他莫名其妙地每天重覆著悲劇？

但「黑夜」在《只有黑夜》中還有另一層象徵意義，那是出現在第八章亞瑟閉上眼睛，在黑暗中與克萊兒手牽手的肢體碰觸，而領悟到某種徹底滿足的狀態，是一種接近肉慾的滿足感，是超越文字的、非視覺上的交流，是彼此心靈的互動合作方可領悟。這當然是在亞瑟絕望黑暗的人生中所得到的一點點啓悟，所以「黑暗」對他來說是一個他的避風港，是唯一可以達致情感交流的方法，是他與公寓大廈的女傭、早餐店的女服務生之間無法獲得的，只有敵對與衝突。這種象徵意義是其他三本小說裡無法找到的。

轉眼間約翰・威廉斯的四本小說已經被我翻完了，非常感謝啓明出版社的林聖修先生給我這個機會，能讓我二十多年的翻譯教學能夠有實踐的機會。而在本書的校稿期間得知自己的另一本啓明出版的譯作《北海鯨夢》已獲得梁實秋文學翻譯大師獎的首獎，讓我不得不再一次感謝林聖修先生給我的機會，翻譯了約翰・威廉斯三本成名作作爲我的挑戰與磨練，終於在《北海鯨夢》中獲得肯定，讓我對自己的翻譯能力與翻譯方法能夠進一步得到認同，或更積極的層面來說，得到自我認同。

翻譯是一種十分個人的行爲，有人認爲是很快樂的事，但我始終覺得那是世界上最痛苦的事。簡單的說，是我的字典總是缺少我需要的那一個字，我的中文總是缺少那一個英文有中文卻沒有的句法，翻譯過程中總是覺得英文眞好、眞方便，一個概念總是輕描淡寫地出現眼前，而不管我怎樣切割、怎樣重組，總是湊不成合意的中文，自己有時候爲了一個句子、爲了一個單字，總是要斟酌、思量，有時候會因此耽擱好幾天的時間，有時候還不止。「翻譯是一門妥協的藝術」，這句話說得好聽，但發生在自己身上、不斷要做出妥協的時候，那種痛苦可能是自己才能體會。

另一個個人的想法是，翻譯的品質需要用生命來付出。但是讀者不要誤會翻譯不是一件「要人命」的工作。這句話通常是我用來安慰學生用的。我的教學方法是每週給學生作業，下一週就會把學生作業改好，上課就開始討論作業內容，並同時附上我翻譯的版本。文學翻譯課也一樣，學生會跟我一起做我正在進行中的翻譯（上學期剛剛完成文學翻譯課，學生便翻了《只有黑夜》的前兩章，約二十頁）。通常我發下去的作業，都會被我註記了翻譯錯誤的地方，滿是紅的。那時我就會不要臉的跟學生說，「當你們到了我這把年紀的時候你有機會比我翻得好，因爲我是你啓蒙階段的老師，讓你少走一些冤枉路。」的確，自己從碩士班、博士班開始，靠翻譯賺取生活費，到後來教了超過快三十年的翻譯相關課程，累積了翻譯實務和教翻譯、談翻譯的經驗，才能成就出我給學生看的討論稿。學生佩服老師的同時，應該更能體會他們手的東西是「用生命付出」的。

不過我這句話也是暗藏了我對文學翻譯的一些堅持，但是我至今還不能確定我的看法是否爲眞。我總是認爲文學翻譯者必備的要件是長時期地對文學的閱讀和思考，才能公正地對待他手中的案件。我前面所說的「斟酌」、「思量」，或者是「切割」、「重組」，不只是努力查字典和精通文法結構，才知道哪個用語適合呈現當下的情境、才知道句法的「安排」才能呈現原文的「訊息架構」，那是需要很多文學閱讀的經驗才能做得適切，而文學閱讀經驗的累積，是不是要「用生命來付出」呢？說到這裡，可能已經有人聽不下去了，會說我「年齡歧視（ageism）」（尤其是現今文學翻譯界不斷產出年輕的譯者），但是很反諷地，哪一個翻譯文學的消費者會眞的拿著原文給它一行一行地對照閱讀？所以這個議題就就此打住了。還是讓我繼續在黑暗中摸索算了。

很感謝啓明的林聖修先生容忍我一直拖稿，感謝邱子秦編輯讓我的翻譯作品問世時減少了很多訛誤。當然要再回頭感謝林先生答應讓我在完成翻譯後寫一篇「譯後記」，那是增加成本的事呀！在過去的「譯後記」，我都會談到我對翻譯實務的一些看法和例子，其實已經說的差不多了，有時候會覺得已經自我重複。不過在這篇譯後記結束之前，我還是想要引一段《只有黑夜》中我在上文提到黑暗中情感交流的象徵，這一大段也是花了蠻多時間「斟酌」、「思量」、「切割」、「重組」的，我就不再說明了，就讓讀者體會吧：

Still he had not reopened his eyes. The slow movement of her fingers upon his hand filled him with a lethargic sensuousness whose consummation was the act of stroking itself; nothing more was needed or desired. It was almost as if she, too, were blind, as if she were memorizing with her fingertips every curve and hollow of his hand.

And again the desire to convey to her his utter contentment overwhelmed him. But there was the barrier, always the barrier of words; and that which he now felt was beyond words, deeper and more meaningful. He opened his mouth to speak, then closed it again, and said nothing.

For at that moment he realized that this understanding which he so desired was a thing that must come from between them, inviolate and alone, unasked and unacknowledged. And he thought for a moment that he had discovered the secret.

This was the thing that drew men and women together: not the meeting of minds nor of spirits, not the conjunction of bodies in the dark insanity of copulation—none of these.

他仍然沒有再睜開眼睛。她的手指在他的手上緩慢移動讓他沉浸在一種慵懶倦怠的肉慾滿足感中，這種類似透過性交方可獲得的滿足感來自於那撫摸的動作本身，幾乎彷彿她也是瞎子般，彷彿她在用她的指尖，記憶住他手掌上每條曲線、每個凹陷的地方。

再一次的，他強烈地希望能把他徹底滿足的狀態傳遞給她。但是一直有一道障礙，總是文字這道障礙。可是他現在感到那障礙是超越文字的，是一個更深刻更有意義的層次。他打算張開嘴巴但又閉上，一句話都不說。

因為在此刻，他知道他如此渴望得到的領悟，是一種必須來自他們彼此之間，不被玷污的且只有他們倆，不必要求，不必確認。他思考了一陣子，覺得自己發現了箇中秘密。

那是把男性和女性湊在一起的東西：不是思想與心境的投契，也不是瘋狂性交時的男女合體——都不是。

只有黑夜 Nothing But the Night

作者一約翰・威廉斯（John Williams）。譯者一馬耀民。編輯一林聖修。封面設計一王瓊瑤。版型設計一永真急制 Workshop。內文排版一張家榕。發行人一林聖修。出版一啟明出版事業股份有限公司。地址一台北市敦化南路二段 57 號 12 樓之一。電話一02-2708-8351。傳眞一03-516-7251。網站一www.chimingpublishing.com。服務信箱一service@chimingpublishing.com。法律顧問一北辰著作權事務所。印刷一漾格科技股份有限公司

總經銷一紅螞蟻圖書有限公司。地址一台北市內湖區舊宗路二段 121 巷 19 號。電話一02-2795-3656。傳眞一02-2795-4100

2023 年 3 月初版。ISBN 978-626-96869-3-3。定價一NT$380

NOTHING BUT THE NIGHT By John Williams

只有黑夜/ 約翰・威廉斯（John Williams）作；馬耀民翻譯。
-- 初版 . -- 臺北市：啟明，2023.03
192 面；14.8×20.5 公分
譯自：Nothing but the night
ISBN 978-626-96869-3-3（平裝）
874.57 112000526